金山嘉城
中園倫
西穂梓
渡辺玲子

志村有弘［解説］

現代作家代表作選集 第10集

鼎書房

目次

小鳥の声

金山嘉城

技工室の換気扇で小さな小鳥の鳴き声がする。二度チチと鳴いて、また続けて二、三度囀る。しばらく止っている。近ずくと囀りが始まる。鶺鴒の速い鳥影が磨ガラスの向うを素速く通り過ぎる。急に囀りが大きくなる。幾羽もの小さな囀りが重なり合って、まるで小学生の合唱がここにあるようだ。

この換気扇は普段は使わないが、時には回して中のよどんだ空気を外に出したくなることがある。小鳥が巣を作って雛を育てているのがわかってから、もう五年もスイッチを入れていない。誰かが間違えて、スイッチを入れるかもしれない、と思って、換気扇へのコードを切断してしまった。切れたコードの切り口の銅線の先がむき出しになって、垂れている。

それで毎年来るのを楽しみにしていたが、三年に一度ぐらいしかやってこない。二三日前に駐車場の欅の下のあたりで、鶺鴒が嘴で地面をついているのを見た。餌でもついばんでいるのか。二羽が小さくジャンプしながらお互いの距離を計っている。時には嘴を正面に向け格式ばって歩いて行く。今年はこうして雛が鳴いている。どのくらいで巣立つのか。

本当は外から梯子でもかけて中を覗いてみたいのだが、それも小鳥に悪いような気がして、一度も覗いたことはない。案外短い間しか鳴き声がしなかったように覚えている。その声が思いの外さわがしくなる。

と、ある日突然静寂が戻ってきて、それっきり鳴き声は止って、幾年もの時が流れて行った気がしている。

この間、やっと近くの山の林道が、通れるようになったのを知って、母をつれて、水芭蕉を見に行った。

曲がりくねった道を注意しながら登って行く。右側は切り立った崖である。表面はねずみ色のコンクリートで覆われている。以前ここを通った時、崖の上からロープを垂らして、そのロープにつかまりながら崖の表面で作業をしている人達を見たことがあった。あれはまだコンクリートの壁ができる前のことだったろう。小さな赤い橋を渡った。左に大きくカーブして、道路の上を小さな川が横切っている所を過ぎると、駐車場に出る。

そこからは遠く下に家々が見える。その左側をうねった細い光る線となって河が流れている。両側に木々の繋った堤らしいものにも見える。

奥の水芭蕉の池に続く細い道には鎖が渡してあった。近ずいて鍵のあたりをいじっていると、作業着の男が近ずいてきた。

「入れないよ」

「車のまま行けるといいんだが」

男は非難する調子できつく、幾度か言葉を発した。私は母の足の状態をこまかに、そして、母の水芭蕉を見たがっている、長年の思いを少し感情を込めて話した。

「はずしてやるよ」笑うと親しみやすい顔になっている。

車で進んで、短いだんだんの前で車を止める。これ以上は進めない。

流れの速い小川に沿って小道を足の悪い母の歩調に合わせて歩いて行く。

雪の深い四月に別の道を歩いて登ってここに来たことがある。その折ちょうどこの繁みの、木のあけびのつるが巻きついた根元の所で熊の巨大な三角錐の糞を見たことがあった。黒々とした堂々としたものだった。

母に白い花を見せている。母は顔を近ずけて花の匂いをかいでいる。

「あっ、ほととぎす」

花を見ていたはずの母が顔をかたむけ、白髪の間から耳を出すような感じに、きびんに頭を動かした。

木道の細い道幅を歩くのだから、注意して見ていても危ないのに、と思った。

木道は池の周囲をとりまいて敷かれてある。その浅い南側の一部に水芭蕉が仏像の印を結んだ掌のような縦長の恰好で、一面に咲いている。花はまだ小さく、中に小さな瓶洗いのような緑の芯がつっ立っている。全体が燈明で真中が緑の火、とでも言えばいいのか。

「また鳴いた」

ほととぎすは最後のカケタカのあたりを幾度も念を押すように鳴いている。お前がその陶器の天辺を欠いたのか、と幾度も言われると、そのへんでやめておけよ、と言いたくなる。

「天上の声を聞くようだね、音楽より、もっときれい」

いつもは殆ど動くことのない母の皺だらけの顔が、緑の若葉の間から、もれる光の中で生き生きとしている。鳴き声がする度に目が動いて、少女のような表情をする。

すぐ上の胡桃の木の上で鶯が鳴いた。なんだか嘴の中まで見えるような大きな声である。丸みを帯びて、音が大気の中で回転している。

「いい気持だね」

それは周囲の早春の美しさを母が全部奪ってしまって、私にはそのちょっとしたおあまりをわけ与えてもらっているような気持である。

「まだ楢は芽吹いていないな、あの深い水に濡れたような緑は山毛欅だが」

母は私の言葉は何も聞いていない。鶯がさっきから雪の残っている斜面のあたりで鳴いている、ほかの小鳥の声もまざっているが、その名前はわからない。

母の顔は小鳥が鳴く度に反応して、笑っているように見え、苦しんでいるように見え、放心しているように見え、時には瞑想しているようにも見えた。

鶺鴒の小さな声を聞かせたい、と思って母を探したが、台所にはいない。二階の母の部屋かもしれない、二階に登ると、誰もいない部屋の人形ケースの横に三味線が立て掛けてある。

「どこ」

返事がかえってこない。診察室に戻って、

「いないんだが、どこだろう」

カルテの整理をしている妻に聞いてみる。

「玄関かもしれないわ、よくあの辺で見かけるから」丁度看護婦が治療椅子に患者を座らせていたので、診ることにする。

手が空いて、行ってみると、玄関の窓を細目にあけて、そこから外を見ている。

「何をみてるの」

母が振り返って、私の顔を見て、ちょっと複雑な顔をした。

「外は静かなんだね」

言いながら、近寄って来た。自分の行動を私に知らせたくないようだ。中庭の方に歩いて行く。

芍薬の花が咲いていてそのあたりが淡い赤のかたまりになっている。

「鶺鴒の雛が鳴いている。技巧室の換気扇」

「そう」

動こうとしない。なんだ折角小鳥の声を聞かせようかと思っているのに、と思った。

「さあ、面白いんだ。近づくと、親が来たかと思って、鳴き出すんだよ、まだ生まれたてらしくて、細い声なんだ」

診察室の裏を廻る薄暗い廊下を二人で歩く。片方が義足なので、木槌をうちつけるような音がする。

「ほら、鳴いただろう」

「えっ」

「ほら」

近くで技工台をこぶしで叩く。

「する。本当、可愛い声だね、かぼそい声だね」

左側のいつも皺の中に隠れてて、あけたことのない目まで開いて動いている。


日曜日、ステレオで音楽を聞いている。昔からモーツアルトである。小雨が降っていて、部屋の中が薄暗く湿っぽい。弦楽五重奏曲をかけている。炬燵から布団をはいで、その上に炬燵板を置き、臨時のテーブルにしてある。時々雑誌を取り上げて拾い読みしてみるが、音楽が心を引っぱって行って、読んでるはずなのに、一向に進まない。そのくせ音楽の方へもその全ての注意がいっているわけではない。実に中途半端な恰好だが、私にはこの状態が丁度あっている。だいたいが、このあたりで出来てるんだな、と時々自分の内部を覗いて、一人合点をしている。

玄関の呼び鈴が鳴った。どこからも人の動く気配が伝わってこない。仕方がないから立ち上がって玄関の方に行く。

そのドアの向こう側で足音がする。母が、と思った瞬間、なぜあそこにいるのか、何の用事もないはずなのに。そうか、近頃は、と妻がいつも玄関にいて、戸を細目にあけて外を見ている、といったのが頭を横切った。

玄関横の格子の内側のガラス戸が少し開いている。足が悪いのだから玄関へ降りなくても、と思うのだが、玄関戸の中央の鍵をまわしている。細い目を私の方に向けて堅くて鍵がまわらないのを訴えている。

「オレがあけるから」

判を取りに行って、荷物を受け取る。友人からの小包みだった。

「何してたの」

玄関から上ってさっきの隙間から外を見ている母に聞く。

「誰か来やしないかと思ってね」

「誰かって?」

「さあ」

「じゃ分からない人を待っているの」

母は困った表情を目のあたりに見せる。もじもじして拳を幾度か軽くにぎるようにこすって、時々私の方を見る。片方の手を壁にあてて、ゆれようとする身体を止めている。

私が目を離すと、僅かな間に、気になるのか、表の方を見ようとする。どうせあの悪い目ではよく見えないのだろう、と思うが、母は気になって仕方がないのである。

「立ってたら疲れるだろう、椅子持ってきてやろうか」

「いいのよ。ちょっとの間だから」

母は私が居間に来る、もっと以前からここに立っている。居間を通らないで、いつも母のいる台所付近からは、ここに来ることはできない。

窓の横わくに腕をついて身体を支えている。

台所からパイプの椅子を持ってきて、母の尻の所に置こうとする。

「いいのに。ほら小鳥の声。ホトトギス、ね、きっと」

「そんなに見たいんなら仕方がないけどさ、何も鳴いてないよ。それに人も来やしないし」

「来るよ、ずうっと待ってるんだから、きっと来る。胸さわぎがするから」

皺の手で胸のあたりを叩く。着物のそのあたりが、少し黒くなって汚れている。

「そうかなあ、僕は来ないと思うがな」

母の左の目が開いて、ちょっと白い薄い皮をはったように見える目が、私をにらんだ。

「分ったよ、来るかもしれんよ」

その顔付が、子供の頃から私を叱る時のあの表情だったので、ここは一先ず逃げをきめこむのがいい。

音楽を聞いていても、注意が時々母の方へ動いていってしまう。

母は庭に出て花をつけ始めたしだれ梅を見ている。長い間咲いていた蝋梅の黄色い色ガラスのような花が散って、近くを通る度に匂っていた香りもしなくなった。近づく度に、小声で呼び止められるようなわずらわしさを感じていたが、消えるとやはり淋びしい。

鋭い鳴き声が、二度尾を引いて聞えた。

鶫がいちいの木陰から空に向けて斜めに飛び去って行く。

柴犬の五郎がやって来て、私の横を通り過ぎる。細く若々しい躍動的な姿をしている。

母の足元でじゃれている。三角の目をして母に寄っていって逃げる振りをする。遊べと言っている。私に寄って来ても相手にしないので、母の所へ行っているのである。母は逃げ廻って小さな高い声を発している。母の足に跳びかかって行く。たくみに母は小躍りするように跳んでみせる。そして五郎を挑発して五郎を追う。二三度足を上げて五郎を蹴るまねをしている。五郎は駆け抜けて家の中に入ってしまう。

踏み出すと、回転して逃げる。五郎は全力で走るが、すぐに振り返って、次の母の行動を見ている。回転ぎわに足を上げて母が蹴るふりをすると、うまく身体を曲げて、くぐって母の足をさけてまた近寄って行く。追う。急発進して花畑の中をギャロップで跳んで行く。止って、寄って来て身構えている。母は知らぬ振りをしている。五郎は身体を母の足に寄せて横になり、さかんにこすりつけている。時には仰向けになって白い腹を上にして、その一部を母の脚にすりつけている。

と今度は母の足のアキレス腱の所を、顔を横にして、軽く噛む。本気で噛みついたら、お前の負けだぞ、と言っている。お前は家来だ、さあかかって来い。

母は五郎のしたいように遊んでやっている。自分も結構この遊びで気がまぎれるのだろう。

私は離れて花の蕾を見ている。五郎は向うの方で、何かの草花に尿をしている。きっと母が植えた花の芽に尿をひっかけているのだ。母は知らぬ顔をして五郎をさそっている。

五郎が母に近づいて来た。母はゆっくりと歩き始める。五郎がついてゆく。母が止る。五郎は母の脚に鼻がつっかえる、と母は五郎の首輪を握る。後足でさがろうとする、力較べだ。

母は五郎の鼻を尿にした草の上にこすりつけている。

「これをしたのは誰れ」

母は五郎の顔を叩くが、五郎は黙って鳴かない。私が殴ると、五郎はいつも甘えたような、なさけないような声を発するが、母の弱い力では五郎には響かないのである。

五郎の尿で草は枯れるのか。すぐ上から大量の水を撒けば助かるのか。汚れたポリバケツに水を入れる。水で巻き上げられたポリバケツの底の砂が、水の量が増えるのに従って、沈んで行く。止まると透明。水の底で砂は静まり返っている。いい加減にそこいらあたりに水をかけていると、母がそこは違うというようなことを、しだれ梅の匂いを嗅ぎながら言っている。まだ母は脚を汽車に轢かれて、その一本をなくす以前のことだ。

昼食はいつもパンに決っている。子供のいない昼食は三人きりでいつも静かだ。

今日はまだ母が席についていない。妻は私の入って来たのを見て、紅茶ポットに煮立ったお湯を入れている。時々ポットの中を覗いて、お湯の分量を確かめている。コーヒーカップに乗せたドリップ用の濾紙にお湯をそそぐ、母と私は紅茶、妻はコーヒーである。他にリンゴを一個、カマンベールチーズを四分の一。紅茶にはたっぷり牛乳を入れる。

「お呼びしても来ないわよ」

パンを焼きながら妻が言う。

「ごはん、って言ったんだろう、仕方がないな」

立って玄関に行く、母は細いガラス戸の隙間に顔を入れるようにして外を見ている。

「ごはんだよ」

「離れらない、忙しいのよ」

「忙しいって、ただ外を見てるだけじゃないか」

「でも来るのよ。小鳥のさえずり聞えるだろう」

「いつもと同じだよ。何も聞こえないじゃないか」

「おまえには、聞こえなくとも、きっと来るのよ」

あまり熱心なので、母の上から外を見てみる。向いの釣具屋の色のさめた看板は、いつもの通りだ。清涼飲料の自動販売機にも何の変化もない。その隣りの以前は洋服屋だった、ショーウインドウは、汚れたカーテンが下りてから、もう八年もたっている。銀行員の乗ったスクーターが走り抜けた。ワンブロック向うにある銀行の外交員だろう、あの銀行は今年一杯で遠くへ移転するという。

小鳥が一羽カーブを描いて飛んで行く。燕のように見えた。小型の自動車と紺色のトラック。

何も変ったことはない。

「さあ、ごはんだから」

嫌がる母を立たせ、テーブルにまで引っぱって来る。

パンとリンゴとチーズの組み合わせが何とも言えない。母は今日は朝の残りのごはんを電子レンジで暖めて食べている。


タービンを止めて、口から視線をはずすと、看護婦の吸引するバキューム装置の音がなっている。妻が横に駆け寄って来た、緊張している顔付で蒼白い色をしている。唇が堅く横に開いて制禦された言葉が発せられる。

「何だ」

「ちょっと」

だって、まだ途中で、今は離れられない。

「すぐにか」

「ええ」

目が横に鋭く走る。

「うがいをしていて下さい」

患者の椅子を元に戻しながら、看護婦に、

「すぐ戻るから、そのままにしておいて」

と言って、妻の後を追う。

「おかあさんが……」

「どうした」

母は玄関に胎児が母のお腹にいる時のような、両腕をかかえ込んで膝を曲げ、頭を垂れた恰好で横に寝ている。それは全く静かな、穏和な、自然な姿勢で、どこにも危機を嗅わせるものはない。

「大きな音がして、きっと倒れたんだわ」

「母さん」

私は大声で呼んで、首の所、顎の下の所へ指をあてる。脈はある。

身体をゆすってみる。私の力のままに少しゆれる。頭の所が一部上がり框の所の角にあたっている。

「兎に角、救急車だ」

妻は毛布を持って来て、母を包むようにしてかける。

「動かさない方がいいかしら」

着物の裾がまくれて義足が出ている。

もう一度腕の脈をみる。少し弱いみたいだ。呼吸はある、妻が電話をかけている声が、随分はって大きい。

「すぐくるって」

「一人だけみてくるから、ちょっとたのむ」

診療室に戻って、看護婦に酸素を母の所へ持って行くように指示する。

何をどこまでしていたのか、分らない。頭が空白になっている、カルテを見るが、文字がチラチラして、なんだか動く蟻の群れを見ているようで、頭の中に入ってこない。

ようやく意味が分り、それまでしていた診療の経過が理解できて、先に少しだけ進めて診療を打ち切る。

遠くで救急車の尾を引くようなサイレンの音がなっている。

加速度的に近づいてきて、すさまじい音になったかと思うと、突然止る。とそこに無言の領域が出現して、母の次の時間のことがふいに浮んで、私の心の虚を突いてくる。

自動車のドアが激しく打ちつけられる音。

幾人かの男達の声高な呼び声、その調子はどこか冷たく事務的でおしつけがましい。割り込んで母に声をかけたいが、それができない。

母は担架の上である。車輪が伸ばされ、それが台車になる。男達が二人荒々しく動かして行く。母の顔色は妙に沈んで蒼白い。

「わたしついて行きますから」

妻が緊張の中にも、不安げな様子をみせて私にすがりつくような眼差を投げてくる。

「うん、そうしてくれ、行けたら行く」

母はもう救急車の中に入っているのに、車はなぜかなかなか動かない。何をしているんだ。なぜ急がないんだ。気持が苛立ってくる。本当は短い時間だったのだろう。なんと長い時間か。動かない時間に封じ込まれたようだった。

最大音量で、サイレンが鳴る。すると今度はハイテンポでそれが遠ざかる。サイレンの音が急に変んに聞え始めると、ほとんど瞬間に、ピーポーは聞こえなくなってしまった。


真夏の陽の光が斜にこの病室のガラス窓から差し込んでいる、薄い黄色のカーテンの光の射す部分がきわ立って明るく、まるでそこが光源であるかのようだった。

母は二人部屋の奥でベッドを幾分立てかけた姿勢で、こっちを見ている。

その目つきは、いつも外を眺めていた時の何かを期待するようなまなざしに似ている。

私と妻とを認めたのか、表情が和んだ。

きっと、随分回復してきているんだ、二日前に来た時には、まだ鼻にチューブを入れていて、私達が言葉をかけても、殆ど分らないようなそぶりだった。

「どうなの」

口が動くがまだ言葉にならない。

「いいよ、無理に話さなくても」

口の半分がひきつったような表情をする。皺のある腕が伸びてきて、私の出した手を取ろうとする。浴衣から出た腕の裏側が、光のせいか、蒼い透明な色を帯びて見える。青い鮮魚の腹の色を思わせる。

「こわいの」

母の口から言葉が出てきたので、驚いた。妻の顔を見ると、その顔にも驚ろきの色が走って、すこしたつと、喜びの表情が現われる。

「しゃべれるんだ」

「何がこわいのですか」

妻がベッドの横にきて、母の身体を包むようにかがみ込んだ。腕を軽くさすっている。

「こわい」

「大丈夫、もうこんなによくなってるんですもの」

妻はうなずきながら、微笑を浮かべる。

目と目との間を幾分広げたような表情で、母は本当に恐ろしそうに、身体を縮めた、もう少しで震え始めるのではないかと思った。

「さあ、安心して、こわいものなんか、どこにもありませんわ、ほら、みんなきてるでしょう」

母のこわばった顔が少しほころんでくる。

隣りの患者のテーブルの上にある白い百合の厚ぼったい濃い匂いが漂ってきた。黄色い幾本もの太い雄蘂がくっきりと白い花弁の間から頭を出している。あそこから匂いが出て、ここまで層をなして浮んできて、鼻の中に侵入してくる。頭がくらりとしそうだ。

「何かたべますか」

「どうなんだろう、食べ物はいいのかな」

「いいはずですよ、この間来た時、お粥食べてたから」

妻が梨を出してむき始めた。

「見えない」

「どうしたの、目がよく見えないの」

ゆったりと頭を振る。

「見えるんだね」

私は母の前に立って顔を近づける。母はまだ顔を振っている。

「何が見えないんだ、明るくて、すごくよく見えるじゃないか、窓からだって青い空とそれに、雲だって」

そう言いながら入道雲の下部の濃い黒い陰の部分を見つめる。その空を燕がふいに方向を変え、飛びかすめて行く。母はそれを見ていたのだ、だから看護婦に言ってベッドの半分を傾けてもらったのだろう。

「見えない、来るのに、見えない」

「もうこわくはないんだろう、それならいい」

妻が薄く切った梨を母の口に入れてやる。母は子供のようにその先端を吸っている。やがて、幾本か残った上下の少ない歯を合わせて噛み始めた。

「リハビリを始める、と言ったって」医師は私の問いにこう答えた。義足の側が麻痺なのだから、どうしようもない、という意味である。

居間の窓側にベッドを置いて、そこに母を寝かせた。中庭の木々は全て葉を落してしまっている。すぐ横にいちいの木があって、まだ大きくはないが、黒っぽい葉を細く横に伸びた枝々に繁らせている。赤い小さな果がその中に混じっている。

母は不安げに自分の周囲を見廻す。その仕草が本当におびえているようだ。自分の家なのに、何が不安なのか、しきりに首を伸ばして、何かを求める。私が近寄って声をかけると、ちょっとの間、その表情はゆるんで、普段に戻るが、離れると、すぐに意味のない言葉を呟き、誰れかを捜し求める。

今日は年末の大掃除の日だから、妻は看護婦に指図をして、こまごまとした日頃忘れている場所の整理やら、掃除やらをやっていて、母の所へまで手が届かない。

翌夜、病院から母を一時退院させて来た。病院の人々の手薄になる期間だけの退院である。

「寒いの」

動く方の手でしきりに毛布をひっぱろうとする。暖房が入っていて、私には少し暑いくらいに感ずる。

「じゃ、もう一枚毛布持って来るから」

行こうとすると、その手で私にしがみつこうとする。

「毛布取りに行けないじゃないか」

母は顔で行かないで、とねがうような祈るようなそぶりを見せる。仕方がない、横に椅子を持ってきて、そこで本を読み始める。診察室の方で、人の動く音がしきりに聞えてくる。その中に意味は取れないが、短いはきはきとした、女性達の声がまじる。物が落ちるような鋭い音と、ゆっくりと移動する物のこすれる音。

しばらく本を読んでいると、母は寝息を立て始める。

母の皺だらけだった顔が小さくなって、皺の深さが浅く、つるりとした皮膚の上の縞のようにしか見えなくなっている。

頬は筋肉をおとして、薄く貧弱になってしまった。白髪に半分隠れている大きな耳の自慢だった、豊かな耳朶だけが、今も以前のままにふっくらと垂れ下っている。

あれはほんとうに柔らかかった。思わず手を伸ばして、耳朶をつまんでしまう。感触は昔のままだ。しかしつめたい。こんなにつめたかっただろうか。自分の耳朶をつまんでみる。

そうか、熱いものに触れた時慌てて、指を耳に持ってゆくじゃないか、と思うと、おかしみがこみ上げてくる。

「何を笑ってるの」

あんまりはっきりと意味のある言葉が母から出たので、思わず母の顔を見てしまう。

雪がちらついてきた。

「前」

母は顔を玄関の方向へむけて言う。

初めは分らない。無視して本を読む。

「あっち」

「玄関へ行きたい、と言っているの」

母は皺を一層多くして、目を細めて笑う。

仕方がないな、どうせ言い出したら昔からきかない人だったから。

母を乗せたままベットを引きずるわけにはいかない。ベットにキャスターはついていない。

ベットの横にソファを移動してくる。腰と背に腕を入れ、腰をかがめて、母を持ち上げる。重いが、こっちが崩れるほどではない。どうにか坐らせることができる。毛布を降ろし、下のマットをはいで床に倒す。小さな埃が一気に舞い上がる。ベット枠を持ち上げるが、これが案外重い。妻を呼ぼうとして駆け出しながら母を見ると、目は私を追って、悲しそうな顔になる。

妻と二人でベットを玄関に運び、母を私がおぶって、ベットに寝かせる。

「ここ寒いよ、居間の暖房もここまではなかなか伝わらない」

母は知らぬ顔をしている。聞えないのかもしれない。妻が電気あんかを足元に入れる。

母は身を乗り出して腕を伸ばし、ガラス戸を開けようとする。少しガラス戸を開く。寒風が流れ込む。

こう冷えては母の身体にだって悪いと思う。もし風邪をひかせて、肺炎にでもなったら、きっとまいってしまう。

石油ストーブを燃すことにする。小型の黒い下から熱風が吹き出す式のものである。八畳ぐらいなら効果があるが、窓をすかした玄関が暖まるだろうか。

母は外を見ている。

さっき降り始めたばかりだと思ったのに、もう雪が積って、轍が道路に描かれている。

まあ、そんなに寒くはない。肩のあたりに毛布を巻きつけておけばいい。

「雪だねえ」

「うん、雪だ」

今日は家にいる次男が二階でＣＤをかけている。低音が家を震動させるように響いてくる。

窓を覗いている母は、今度は私が離れても、それを気にしないのか、さびしくないのか、一心に雪を見ている。

私も二階の自分の部屋の書物の整理をする。読み散らした、本を本箱につめ込む。その間に気にもかけなかった本に栞が差しはさんであるのに出合う。開いてみると、興味深い事柄が書かれてある。つい引き込まれて読んでしまう。気がついて整理を始めるが、ふと先程の事柄と関連したことが頭に浮んでくる。本棚から別の本を取り出し読み始める。整理ははかどらない。いつの間にか厚い辞書をめくりながら、ある単語の語源を探し出したりしている。暗くて文字が読めない。

母はやはり外を見つめている。その顔がいつになく穏やかに見える。うまく寒くはなさそうだ。

「もう中に入った方がいい」

「ほら啼いた。来てるよ。アカショウビンの音階が順にさがって行く啼き声。心にしみる声だねえ」

「来てるって、そんなもの聞こえないよ」

「お前には聞こえないの。あんなに啼いているのに。今度はホトトギスが啼いている。ウグイスも。それに……黒ツグミの声もする。あれ何て鳥。あっ、キツツキのドラミング。

どうしたんだろうね、こんなに野原みたいに小鳥が集ってきて、あれ、イカル、ね。それにクロジ。おえっ、ちっちちっち、って啼いている。もう来てるんだわ。ほらそこにいるじゃないか」

「何言ってるんだ。小鳥なんて、雪だから車も通りゃしない。うんと静かだ」

私は横のスイッチを入れる。青い光が玄関を照らす。

「ほら、また啼いている。トラツグミの口笛をそおっと長く吹いているような音」

「何も聞こえないよ」

私の顔を目に力を入れて見つめる。

「来る、どうしてお前にわからないの」

ガラス戸からもれた光が表の雪を照らす。雪に反射した光が凍り始めた氷の核にあたって、鋭い光の矢を投げかけてくる。小さな無数の輝く宝石になっている。

「もう来る」

母の姿はだんだんおとろえてゆくようだ。青い光の中でなえて小さくなった母は、ただ気持ちだけで何かを待っている。何を待ち続けているのだろうか。母の目に薄い青い膜がかかっている。もう何も見えないのかもしれない。その目で母は何かを待っている。一体何を待っているのか。多分母にも何を待っているのかが分らないのではないか。ただ待つ心だけが、待っているのである。

「きた。まるで啼き声のシンホニイ。すごい啼き声のシャワー」

遠くで五郎のすさまじい啼き声がする。いや五郎はもう十二年も前に死んでいる。

雪の中を尾を振り上げて尻をまる見えにして五郎が駈けて行く。

母の横にうずくまって、時折顔を上げて、その臭いを嗅ぐ。不安なのか幾度も臭いを嗅いで、周囲を歩き廻り、私の靴下の臭いも嗅いで、母の顔の下の所へうずくまる。そしてふいに片方の耳をそばたてる。

幻想の中で私は耳を働かそうとする。と、ちょっぴりそのあたりが動いた気がした。

優曇華の花咲く頃に

中園　倫

引き出しの物語

ハイカラな主

烏兎匆匆と流れ、父が逝ってから三十二年が経った。私はゆっくりとソファの背凭れに体を預けたゆとう夢に物語の宝箱を徐に引き出して繙いてみた。

手入れの行き届いた広い屋敷の正門を入ると、大きなイヌマキの樹が枝を張り形良く剪定され、蘇鉄が無言の中に家の豊かな歴史を語り掛けていた。時節を告げる花、果実に小鳥や蝶が群れ遊び、落葉が舞う晩秋は鈴なりの柿の実が赤い夕日に照り映えていた。私は赤い実を見る度に屋敷の主、父慶行との数々の想い出が蘇った。私がこの世に生を享け物心ついた時は、ふさ〳〵した黒髪の若い父は町で一軒の医者殿《どん》として休む間もなく、食べる時間も惜しむように次々と押し寄せる病人を診ていた。家族が遅く床に就きぐっすり寝入った頃、闇をつんざくように戸を叩く音がした。起きた家人の足音が長い廊下の奥で止った。

「先生、急患です。往診をお願いします。」遠慮がちな声が障子の外でした。「真夜中《よなか》に遠い山までは大変でごあんで馬の用意がしてごあんさ、先生、どうかお気張《きば》いやったもんせ。」

と使いの男の声が闇に走った。

凍える寒い夜でも何回も起きて往診に行き、夜が明けると押し寄せる病人、手術に、出産の立ち合いに身を粉にして働いていた。

先代までは喜左ヱ門が引く人力車であったが、進んだ考えを持つハイカラな父は町で唯一人自動車を持っていた。休みの朝は子供と母を乗せ、朝日の眩しい中を気持よく走らせた。夜になると和服の上に暖かいマントを着て、月明りの中を姉の和歌子と私を広いマントの下に抱き、祖父母の家に連れて行った。父の桐下駄の音だけがカラン、コロンと夜道に冴え、月に帰ったかぐや姫の物語を父は語りながら歩いていた。

寒の厳しい夜、ぐっすり寝入った私が朝、眠りを覚ますと、布団の上に父のマントが掛けてあった。行儀よく並んだ子供の枕元には往診先で頂いた真っ赤なリンゴが分けて置いてあった。その一方で、病人を診た父の大変さが幼い子供にはまだ理解出来なかった。そっと手を出しリンゴを摑み「お父様の往診土産よ、ほうれ、きれいだね」と、私は一人ではしゃぎ、布団に潜り込んだ。

夏になると夕食後、中庭の池の水音を耳にし縁側に居並び、私は父の側にすり寄って耳をそば立てた。父は、吉良上野介の話や怪談を得意になって始めた。姉と弟も怖さを堪え、「お父様、早く次はどうなったのネェー」と父の腕にしがみつき話の先を矢継ぎ早に急き立てた。父はニコ〳〵しながら弟の頭を撫でていた。

耳を澄まし、じっと固唾を呑み、次を待っていた。部屋の高い所に鎮座するラジオから流れる音楽の楽しさを教え、子供の心を外に向けさせ自由にした反面、女らしさには厳しく物申す父の口元には優しいチョビ髭が生えていた。三つ揃いの背広に帽子を被り、ステッキを持つダンディな父は、どこか天皇様とよく似ていて、気品高い母が常に父の帰りを待っていた。

家の隣は神社であった。文明六年、城本城主楠南氏が勧請し、創建したと伝えられ、城下麓を流れる青葉川を背に鎮座し、古来、平城諏訪神社とし、楠南氏の守護神、諸人平安祈願の宗社であった。建久五年以来三百七十五年続いた藤原鎌足を祖とするこの地の豪族楠南氏は、戦国時代永禄十二年、十六代重広を最後に島津氏の外城となった。城下に広がる楠南平野は、昔勢力を誇った楠南氏の栄誉は消え、古の武士の魂が奥深く眠る静かな町であり、古い歴史は押し寄せる近代化の波に呑まれ、ひっそりと肥沃な土の下で息づいていた。城山は城本の中央に位置する要塞として歴史に影響を与えていた。楠南氏歴代の墓、寺院の旧跡の標識が遠い古を偲ばせ、人目にもつかぬ所におわす数々の古跡のある城本麓に、私は昭和十二年、日中戦争勃発の年、父慶行、母蕗子の次女として産声を上げた。祖父や祖母、曽祖父母は男の子《おこ》（御子）の産れることを期待していたにも拘らず、姉に続き女の児に肩を落しがっかりした。「おや、まあー　又姫《ひい》さんかえ、男の子《おこ》（皇子）と思っていたのにほんにまあー」と無念を思い切り吐いた曽祖父母の言の葉の端々に京訛りが躍り出ていた。

蕗子姫の誕生

母蕗子は、父と六歳違いの大正五年九月二十五日生れであった。祖母琴は、道行く人も振り返る、小股の切れ上がった美しい人だった。祖父圭佑と祖母琴の間には子宝に恵まれず貰い子を育てて、やっと十五年目にして母を出産した。武田家にとっては大きな慶びであった。当時を知る古老の話によると、「蕗子お姫《ひい》さあがお生れになった時、三日間の祝宴が続きもしてなァ、わしらも有り難い事に招かれもした。成長されるにつれ、お姫《ひい》さあはとても利発で雛人形のごと可愛いもんでございもしたァ」と頷き、当時を懐かしんで居た。母は祖母似でおっとりした性格であったが、女の子には祖母と同じく躾に厳しく、座作進退に気を遣った。

父慶行は、明治四十三年一月三日、佐田信家と登和の次男として生まれた。佐田家高曽祖父は御所の書陵部に仕えていて、後々までも律儀な生活の学者の質素な生活であった。父が京都帝国大学医学部を卒業し、阪神日本赤十字病院で外科を研修していた時、武田家に婿養子として迎えられた。続いて薩摩の県立医科大学の産婦人科の助教授として、医術を研鑽した。父は新しい地で医学の道を切り開く考えであったが、祖父のたっての願いで故郷に帰り祖父の跡を継ぎ、外科・産婦人科・内科の看板を掲げた。毎日、診察・往診・手術と大変な忙しさで、入院患者を抱え看護婦と目の回る働きであった。手術の件数が多い時は祖父も手伝っていたが、県立病院の看護婦二人が手伝いに来ていた。白い裾を引くような看護服に白い高い帽子が幼い心を捉え、珍らしく一人ではしゃぎ、「恰好よいネエー　お姉様見てよ」とうっとり見惚れていた。

昔から薩摩では、泣いて帰宅する子は、門外に出して家に入れなかった。薩摩の妻の美しさを外見すれば服従の妻で、婦道は自己滅却の道であると言われてきた。母も躾には厳しかった。住み込みの看護婦三人、賄いの姉やと母の毎日は目の回る忙しい中に身を置いていた。

物心もつかぬ年端もいかぬ私は、夕餉の仕度で天手古舞いの台所に立ち、駄々を捏ねて母を困らせた。母は聞き分けのない私の両手を縛り外へ押し出した。どんなに泣き叫んでも家に入れて貰えなかった。暗くなった外で泣き疲れ眠っていた私を父が抱いて家の中に入れた。私が三歳の時であった。

父慶行に赤紙が来る

陸軍軍医少尉　武田慶行　明治四十三年一月三日生

第百九兵站病院

海軍七〇一五部隊

外科診療主任

昭和十六年九月一日臨時召集ノタメ、熊本陸軍病院ニ應召入隊、昭和十六年十月二十一日召集解除。

昭和十八年三月一日臨時召集ノタメ熊本陸軍病院ニ應召入隊、昭和十八年三月十九日門司港出帆、

昭和十八年三月二十五日マニラ上陸

濠北方面ニ於テ勤務

遺髪収容袋、熊本陸軍病院

昭和十八年三月二十五日

武田蕗子殿

今般當病院ヲ○○ニ向ヒ出発シタル左記者ニ係ル首題の遺髪送付セシニ付通牒ス。
追ツテ本遺髪ハ規定ニ依リ本人出征ノ際之ヲ取リ出征後留守担當者ニ送付スルモノナルニ付、承知相成度。本人ハ元気旺盛ニシテ出発セシニ付申添フ。

遺髪送付ニ関スル件通知

熊本陸軍病院長　田尻利光

昭和十八年五月七日、祖父圭祐は肺炎で呆気無く逝った。私が微かに覚えている祖父は厳しい人であった。姉和歌子はおっとりした、誰にでも懐いて温和しく、曽祖父母に可愛がられ喜んで遊んでいたが、私は要領も悪かったのか、よく泣く子であった。

慶行の出征で跡継ぐ婿の召集に心を痛め、沈んでいた祖父の心を慮るには幼かった。母と寝るのだと姉と奪い合い、姉に負けた私は泣き始めた。祖父が突然「うるさい、泣くな」と怒鳴ると、更に声を上げ泣き出した。泣き止まぬ私を祖父は抱えて土蔵の中に押し入れ、大きな錠前を掛けた。暗い蔵の中の恐怖心で大声で父の助けを求め「お父様、お父さま助けてェー」と泣き叫んだ。高い所に明り窓があったが、扉を叩いても誰も助けには来なかった。泣き疲れ眠った私を誰が出してくれたのか記憶にはなかった。

〝石蔵の暗しを逃げし蟇蛙〟

武田家は京都の武将の流れを祖とし、その地域の有識者でもあり、高曽祖父の代から伝統や作法等を伝えていた。田畑山林を広く所有し、まさに天馬空を行く勢いを得ていた。

蕗子の面差しは御所人形の顔そのもので、膨よかな優しい輪郭の整った顔であった。

武田家の高曽祖父や曽祖父與之祐は明治の戦争等に多額を寄附し、時の藩主や県知事従四位伯爵加納久宣より感謝状を受けていた。

祖父圭祐もまた、至る所や施設に電話や多額の金を寄附した。私の知る由もなき先祖の善行は、母が大切に保存していた古文書にて知る事になった。

昭和十九年四月、私は国民学校一年生になった。学校では校長先生の朝礼の訓話が長く、長時間立っている児童には辛かった。貧血で倒れ養護室に運ばれる児童が多かった。戦争も日に〳〵激しくなってきた。高学年生は稲わらで縄を編み供出していた。何に使うのか不明だった。しかし、私は当時作文に「敵国である米国ルーズベルト大統領の首を絞める為縄を編むのだ」と、誰から聞いたのか書いた。

城山下の登口の防空壕に逃げる日が多くなった。勉強どころではない中でも母は教育にも厳しく熱心だった。小学一年生を代表して県の習字応募の出展に私が選ばれた。母は私が学校からの帰りを待ち習字の練習をさせた。裁縫台を広縁側に出し、新聞紙を半紙代りに切って線を引いてあった。何回も〳〵繰り返し書かされた。一年生の遊びたい盛りの私の顔は汗と涙でくしゃくしゃに濡れ、服も手も墨で汚れた。上手に書けるまで母は遊びに行く事を許してくれなかった。来る日も〳〵、帰ると母は正座して私を待っていた。

やっと清書する運びとなり、やや手が振えそうだったが、思い切って筆を運んだ。母もやっと納得した顔で、「ハイ、もう遊びに行っておいで……」と優しい母の顔と声で私は解放された喜びで後片づけをし、家を飛び出した。母と娘の根気と努力が県で特選を射止めた。当時の新聞に私の名前を見つけた時の喜びは母の厳しい毎日の指導の結果だった。「お母様、特選に入りました。ほうら、ここに名前が書いてありますョ」と喜びの顔を向けると、母もたおやかな笑みを浮かべて喜んでいた。年が明け二年生に入って二人の先生が賞状と賞金二円を家に届けにきた。

戦争末期と終戦

昭和二十年になると、戦争も激しくなった。米国軍の本土上陸も予想され、東京、静岡方面の軍隊が南下してきた。疎開の人々も多くなり、町も賑わっていた。外で遊んでいると空から米軍が撒く降伏のビラが舞い落ちてきた。平和で豊かな城本にも終戦が近づくと、米軍のグラマン機が列をなして来襲し、機銃掃射を始めた。その音の凄さに腰を抜かさんばかりに震えていると、叔母が咄嗟の機転で子供に布団を頭から被せ守った。母と姉やは機銃掃射を受けた湯殿の屋根を突き抜け出る煙を消そうとしたが、三歳の康行を背負い、神社入口の防空壕へ走り込んだ。「おばちゃん、怖かったネ」と狭い壕の中で身を寄せ合い、身ぶるいをして周囲を見渡していた。近所隣りの家にも弾痕が幾つもあった。防空壕へ掛け込む日々が続いていた。そんな状態でも、毎朝家族全員が父の無事帰還することを願い、写真に祈るのが習慣であった。

〝母と娘のときそれぞれの終戦日〟

昭和二十年八月十五日、油蝉の鳴く暑い日であった。「正午に重大発表があるそうじゃ、急げ！行って聞《き》っもそか」年取った男の人達がラジオのある家に急ぎ集まった。

「あいやァ日本は敗けた、今天皇陛下の玉音放送があったぞ、残念じゃがもう壕の中に逃げんでよか、これで安心して眠れもんそなあー」

大人の言葉一言一言に耳を敧て、子供ながらの安堵の胸を撫で下ろしていた。

戦後のどさくさの中、城本にも米国の兵隊が進駐して来る噂に怖いもの見たさの好奇心で役場前に走った。初めて見る異国の人、毛唐と呼んでいる丈も高く赤い顔をした兵隊は、一列に並び進行しながらチューインガムを噛む口元は笑っていた。敗戦国日本の隅ずみまで米国兵は上陸して来た。今にも子供の襟首をつかむのではと震えていたが、どこか親しみが湧いて来るような笑顔の兵隊だった。

口髭の軍医殿

敗戦後しばらくすると、戦地より引き揚げて来た桃山部隊の日本兵隊が駐屯し、小学校の全校舎は兵隊の使用となり、授業は各班毎の自宅学習となった。涼しい木陰の神社に筵《むしろ》を敷き将棋を指したり、学習は忘れて弟相手に球投げして遊んだ。

広くて大きな家には将校殿六人が八畳の表の間二部屋と六畳間に寝泊りすることになり、炊事軍曹三人が付いて将校殿の食事を賄っていた。私は父が帰って来たようで、ぴょん〳〵と跳び、嬉しさが体中から吹き出した。

表門を潜り表庭の植え込みから部屋を覗いていた私と姉、弟雅行に「こっちへおいでチョコレートを上げるので食べてごらん」と将校殿が差し出した。縁側に立つ将校殿に恐る恐る近寄り手を出した。初めて甘いチョコレートを口にした喜びは跳び上がるほどであった。

にこ〳〵笑って見ている口髭を生やした軍医殿には父の面影があり、それ以来親しみを持った。いろ〳〵な事を話したり教えて貰った。退屈な軍医殿は父の書斎に入り、本を手に取り懐かしそうにページを繰っては頷いていた。

夜になると夕食後、温和な顔立ちの将校殿は父の尺八を床の間の違い棚より取り出し、柱に背もたれをして吹いている姿は優しい父の姿であった。表の間は客用であり、家の者は誰も使用した事はなく、大切な客用の八畳二間に続く表の玄関の間六畳の三部屋を将校殿は使っていた。気難しい顔立の将校殿、ハンサムな若い将校殿、しばしの滞在であったが、台風襲来にいつも穏やかに流れる青葉川も豹変し、増水し氾濫した。神社の仁王像も首だけ出し、勢力を増した流れの速い川となった。家も床下浸水し、慌てて片付けをしていた。〝人柱が立たないと雨は止まぬ〟と言われ、必ず水の犠牲が出て心配は尽きなかった。食事が作れず困っていると、炊事軍曹が乾パンとコンペイトーを分け与え、これで一時凌ぎができた。弟の雅行が「兵隊さんは珍しい食べ物を持っているんだネ」と目を丸くして祖母の琴に話していた。将校殿の食事はどんな献立であったかは定かではないが、炊事軍曹は赤味を帯びたコウリヤン飯であった。

暑い夏も過ぎ、黍《きび》の葉擦れに秋を感じる頃となり、大勢の兵隊が沢山の思い出を残し、城本を引き揚げて故郷へ帰る日がきた。母と祖母と姉やはありったけの材料で腕を振って料理を作り、お別れの宴を開いた。当時は度々停電し、ローソクの灯りの下で、将校殿達の心は早や我が家族、子供の元へ走り、黙々と料理を口に運んでいた。

広々した楠南平野の一本道を歩いて駅まで見送りに行った。薄暗い駅から貨物列車に乗り込んだ兵隊は、汽笛と共に〝サラバ城本ョ、また来る日まで‼〟。合唱が始まった。溢れんばかりの兵隊が走り去る列車の窓から身を乗り出しちぎれんばかりに振る手に、幼心の胸は切なく声は谺し列車の赤いランプも段々と遠くに消えていった。

〝まどろめば父の吹く音や月の使者〟

父帰還

〝梅雨晴れに軍靴踏みしめ父還る〟

昭和二十一年六月十日、ジャワ島バタビヤ出発。昭和二十一年六月二十二日、広島の大竹港に上陸し内地帰還。昭和二十一年六月二十四日、私は姉と前日の洪水の引いた神社の鳥居の下で「お父様がお帰りなったら駅までお迎えに行くんだよね」と話しながらママゴト遊びの料理を作っていた。噂をすれば影がさすと、汽車に武田先生が乗車していたと、旧制中学に通う兄さん達の知らせに、私と姉は思わず飛《と》び上がり、神社の階段を一気に駆け下り駅に向かって走った。「お姉さま、嬉しいネェ、お父さまがお帰りになって……」と息が詰り次の言葉が出なかった。

父は出征の時ここに建つ神社に幼い弟二人、母と姉、私を連れて祈願し家を後にして征った。戦後のヒット曲〈帰り船〉〝波の背に背に揺られてゆれて……〟長旅の末本土の地を踏み、父帰還の報せを聞いたのも由緒ある諏訪神社であった。

父は大きなリュックを背負い、ゲートル姿の軍靴を踏みしめ運強く元気な姿でひょっこり帰って来た。出征前の軍事教練の厳しかった事を父は初めて唇に言葉を乗せた。難産に朝方まで立ち合い、やっと取り上げ眠っていない体で軍事教練に駆り出され、当時の指導官に徹底して扱かれ、「あんな辛いことはなかった。疲れ果てている体で声が小さくなると、『そこの誰、だれッ』と呼び怒鳴られ、何回も何回も繰り返しやらされてね」と父は戦前の厳しい訓練を穏やかに語った。「お父様は偉いなあー　辛抱強いお父様だ」と思うと同時に、その厳しい軍事関係者の怨めしい面構えが目に浮かんだ。どんなに辛い時でも泣き事は云わず、日本男児として忠誠を誓い、皆祖国日本の為に出征して行った。まだ親の愛を欲しい年頃の学生、妻や子、老い行く親を残して赤紙一枚で出征した男達の心情を思えば、突き上げる熱い思いが込み上げて来るのだった。

父の任地はチモールであった。凛々しい軍服姿で最前列に軍刀で石突いて、皮の長靴を履き腰掛けている父の姿を写真に見た。

「戦地で食糧難になった時、通称〝ぶた草〟を採って茹でて酢みそ和えで食べる事を炊事兵に教えると大喜びし、この料理をよく作って皆と食べた。」と父は顔を綻ばせ語った。

食糧難に喘ぐ日本に帰って来た父は、畑に根強く生えてくる雑草〝ぶた草〟を採り、母が調理し食卓に出した。父はとても喜んで食べ、子供に「美味しいよ、食べてみなほらっ」と箸ではさみ口を窄《すぼ》め小鉢を空にした。気持悪がっていた私は父の箸につられ、パク〳〵と口に運んでいた。少し酸っぱい味がした。

ぶた草は地方によってはホトケミンとも呼ばれるが、正式名は「スベリヒユ」であり、畑地や路傍の日の当る所に野生する多肉質の一年草で、地面を這うように伸び、夏になると頂きに黄色の可愛い花をつける。しかし繁殖が激しく農家泣かせの雑草でもあった。

薬草の専門書によると、毒虫の痒みや痛みに生の葉の汁液を擦り込むとよく効くほか、乾燥して利尿剤としても使用出来ると記されていた。当時は野草を工夫して食べていたので、この厄介なぶた草は高級食材であった。屋敷の畑地に引き抜いても図太い根性の生命力に父が元気で帰還出来たのも、又家族全員が病気知らずで戦後の食糧難を乗り切れたのはぶた草のお陰ではなかったかと、厄介なぶた草を引き抜いていた。

三千坪の屋敷の東側には広い池が心の文字の形に流れ、鯉が泳いでいた。洪水の度に堀を越え外へ逃げていた。戦後の食糧不足を乗り切る為、父は思い切って田圃にし稲を植えた。父も田植えの様子を診察の合間を見て楽しんでいた。

復員後、まもなく病院は再開されたが、父の仕事は大変な激務であり、広範囲に亘る各地町村の病人を診ていた。出産の人、手術の人と朝早くから夜遅くまで、何時に寝たのか分からぬ多忙繁盛であった。入院室は常に満員で空いた室がなく、病名により順番待ちになった。どんなに忙しい時でも夕食は一緒にし家族団欒を大切にしていた。

食後、母や姉やが片付け洗っている間、父は夕涼みしながら浴衣の袖を肩まで巻き上げ、私と姉、弟は縁側に足をぶら下げ、父の南方の島々の事を聞くのが一番楽しかった。

「南方ジャワ島の王様の住む宮殿に診察に行った時に、宮殿の中は立派な建物で、美味しい果物も出てネ、お礼にきれいな服地を頂いたが、一足先に帰還した部下に家族に届けてくれるように頼んだが、届かなかったようだネ」父は顔を上げてにっこり笑った。ジャワ、マニラの南海や島の美しい事を語る父の話にじっと耳を寄せ、想像たくましく目を輝かせ聞いていた。子供には父とのひと時が何よりも楽しく至福であった。しかし父は昼間の疲れた体をゆっくりと休めたかったであろうに、子供の頭数が父の講談を絶え間なく催促した。父の腕をつかみ興味津々の幼い弟の目は益々輝いて父を解放しなかった。遊び疲れた下の弟は父の膝の上で気持よくすやすやと眠っていた。

しばらくすると母と姉やが井戸水で冷えた西瓜の甘い香りを運んで来た。待ってましたと小さな手がワッと赤く熟れた西瓜を摑んだ。

小柄な体は弾んだゴム鞠のように山越え野を越え、日の暮れるまで往診に駆け回っていて、急患に何回も叩き起こされ、病む人を診に行く父の姿をこっそりと、私は布団の中で首だけ出して見ていた。

神の子

父が復員して後、よくある事だった。患者の家族が中玄関の三和土《たたき》に腰を折り入って、「今日は先生にご相談に来もした。先生はご在宅でごあんどかい」頭を掻き掻き腰かけた。しばらくして父の足音がして父が出て来て腰を落すと「実は家内《うっかた》に赤子が出来ないように何とかよか方法はなかんもんごあんそかい」相談の男の声に続いて「私が県立病院時代丁度荻野博士がオギノ式の避妊法を研究されましてな、『オイ、武田先生、実験してみたまえ、君はまだ若い男盛りだ』と囃し立てられましてなぁ、それが見事失敗しもして産れたのが次女でごあんさ……」父の高笑いが部屋を走り抜けた。

私はその意味も解せぬまま耳の底から離れなかった。世の中のことが理解出来るようになった時、ふとその会話が蘇った。私は成長して読んだ人生訓に、想像の羽根を加えてくれた記事を忘れなかった。それは神様の子だと、もし父と母のオギノ式が成功していたら私はこの世に存在しなかったのだ。父に感謝の思いを込めて「お父様ありがとう」と照れくさい私の贈る言葉であった。

父の手は魔法の手

子供が成長につれ、「これからの女性は新聞の一面を読むようにならないといけない、ネ、又大学にも進み学ぶようにならないと……」と先見性のある父の常の言葉だった。又その反面姉や私には女らしさを強調し、針を持つ女の古風な姿を母に重ね心にあったのか、戦後の風俗の乱れた女性の行動、作法を見て女らしさを失わぬように優しく諭す父であった。

父の出征中に生まれた妹由布子、戦後のベビーブームに生まれた末弟網行、六人の子宝に恵まれ、家の中は賑やかであった。温和しい弟達に比べ二番目の私は、行動活発な男勝りで、祖父母にとっては可愛《むぞ》げもない余分な女の子であったのか、私は滅多に寄りつかなかった。姉とお揃いの服を着せられてもすぐ破いたり汚れが激しかった。父は大声で叱ったことはなくじっくりと諭し納得させた。仕事が一息ついた夕焼空の道を父と散歩した。浴衣姿の父の腕には小さな弟が抱かれ、弟の顔には天花粉が叩かれて風呂上がりの香りが風に流れ鼻をくすぐっていた。

父は朝早くから休む暇もなく働いていたが、子供が寝静まる頃を見て専門書を開いて読んでいた。私は父似で胃腸の弱い子で父に腹痛を訴えると、「どれどれ」と私の所へ後ずさりしてお腹を押さえ触診し、次は胸と背中に左手を当て右手人差し指と中指で手の甲をポン〳〵と叩き打診し音を聴き、「どうもないよ、よーし治ったぞ」と肩を叩きながら父の口から弾き出るや本当にケロリと治っていた。「お父様は魔法使いだネ」と子供心にも父の手は魔法の手に思えて来た。弟も妹も次々服を巻き上げ催促し、父に寄り添うと、父はニコ〳〵し、「ヨシ〳〵どれ〳〵」と気さくにポン〳〵と小鼓を打つように胸と背中を診た。打診する父の指は長くて桜貝を思わせる長爪をしていた。

父の指と爪は私にそっくり遺伝されていた。母似の姉、父似の私は姉に優越感を持っていた。姉と仲よく出掛け、入場料を払う時、二人は並んで順番を待っていた。お金を差し出した時、中年の婦人が「あんたァ先生のお嬢ちゃんだネ、お金は貰えない、さあ行った〳〵」と急わしく押し、姉のお金は受け取っていた。思わず私は飛び上がって姉を見た。

おおらかな性格、人情家で努力家の父だった。私が成長するにつれ、考え悩んでいると、父はよく東雲節の一部〝何をくよ〳〵川端柳、ナントショ〟口ずさみ励ましていた。子供への深い愛情が感じられた。

〝十六夜のかなたに父のしぶき唄〟

公家の末裔の面立ち

父はゴルフにしても何をするにしても絶え間なく、努力を惜しむことなく精力的に動いていた。世の中が落ち着いてベビーブームも下火となり始めた。これからの世を見据えていたのか、産婦人科から心を病む人が増えることに憂い、昭和二十九年青田市に病院を開設した。何事も先を見据えて県庁や法務局に足を運ぶ父の仕事に対する熱意、意欲は並大抵のものではなかった。父の支柱となったのは六人の子供の存在であった。代々の医院と新しい病院を経営して行く父の苦労は大変なもので、言葉では言い尽くせぬ辛酸を舐めたと思う。そんな中でも多くの役員を快く引き受けていた。

六人の子供の教育への熱意には頭の下がる思いで、父の姿に敬服した。学校は順送りに薩摩市のK大学教育学部附属中学へ進んだ。二歳違いの弟雅行、四歳違いの康行は色白の目元涼しい整った面立ちで、公家の末裔を醸し出していた。休みに二人が制服に帽子を被り帰って来ると、薩摩市から来る担ぎ屋のおばさんが二人を見て「まあー奥《オック》さま、学習院のお坊ちゃまがお帰りなさいましたよ」と体を左右に振り慌て、目を細め「きれいな坊ちゃま」と独言をつぶやき、腰を伸ばして眺めていた。父と母の自慢の息子であり、学校では北郷の名門と先生は呼んでいた。母は家族の世話、子供の教育に一息つく間もなく、毎日の仕事に励んでいた。

四十八歳の抵抗

巷で石川達三作、「四十八歳の抵抗」の本が話題をさらった。戦後、性解放をされ、男女のわりない恋や不倫の話題に事欠くことはなく、雑誌が取り上げ、時のベストセラーになった。私は興味深く聞いていたが、内容も解せぬことだった。「へェー面白い本が出たものだ、抵抗とは何を言ってるの?」と聞いても姉も母も口を閉ざしたままだった。父の四十八歳の抵抗が隙間風に晒され始まっていた。

男の生理と女の生理の違いを世の女性は理解に疎かった。祖父圭祐はダンディな男だったので、京美人の祖母琴はさて置いて、温泉芸者との浮名を流しては、清少納言曰《いわ》く「枕にこそ侍らめ」と涼しい顔をしていた。じっと堪えて悩んだ末のこと、夏休みに帰省した私に、母は父の浮気の事をそっと告げた。まだ男と女の性愛など正直な所知る由もない私は只、母の愚痴を聞いてやるしかなかった。色々と聞くことは女の悋気として片付けられた。

かの有名なナポレオンは「英雄色を好む」と人口《じんこう》に膾炙《かいしゃ》した名言を宣うた。父も矢張り聖人君子に非ず、男は死ぬまで子供と言われ、一人の男であったのだ。しかし、華岡清洲の母は火鉢の灰を指して灰になるまでと示したそうだが、女も死ぬまで女であることを言いたかったのであろうか。「へその下に人格はなし」と誰かが嘯《うそぶ》いた。母は華奢な体つきに似合わず安産だったのか二歳違いに次々と孕んだ。母は胸に仕舞込み、愚痴は子供の耳に入れなかった。父もまた、子供には浮名の影すら見せず、子供に取っては尊敬する父親であった。矢張り男とは色を好む君子かと、私は涼しい顔で箸を運ぶ父と母を交互にじっと見やった。

病院が大きくなるに伴い、労使関係、予期せぬ事故が父を悩ませた。父は寝食も忘れ、各方面を訪ね知恵と力を借りた。歯を食い縛り、ここで敗ける事は出来ぬと、夜を徹して駆け回っていた父、苦労続きの経営の中、一息つけた日が何日あった事かと父の苦労と健康のことを思いやった。末の弟網行が沈黙を破るように口を開いた。「お父様、人間万事塞翁が馬と思えば良いですょ」と父を慰め励ましていた。

愚痴一つ零すわけでもなく、いつも笑顔で対処し、病む人や地域の人々に親しまれ敬われ多忙極りない年月が流れていった。律儀な父は年の暮れには神主を呼んで、子供一同座して薬師《くすし》祭を挙行した。

〝しなやかに着て立つ母の薄衣〟

世の中は平穏になった。小さい頃、父は家族旅行を楽しんでいた。祝い事となると、薩摩市の老舗料亭玉藻に家族を連れて行った。私ははしゃぎ洋服と帽子を選んだ。正装した祖父母、父と母が出て来て車に乗り込んだ。父は成長する節目には必ず料亭に連れて行った。玄関の格子戸を開け三和土《たたき》に入ると、女将と仲居さんが両手を付いて迎えた。女将は目を細め眩しそうに、父の後に続く子供と母を見入っていた。運ばれて来る料理にも父と母の心が籠っていた。武田家の年中行事であった。

昭和五十七年九月、奇しくも父と母の旅行組に私の都合で行った。二組に分かれて旅行していた病院の職員旅行であった。若々しく男としての魅力を秘めた父の手に真っ赤な仏桑花の一枝を手にし、記念写真に収まっていた。酒はほど〲で舐めるように呑む父は、必ず自ら一人々々の職員の席へ足を運んで労をねぎらっていた。宴が賑やかになってくると職員と共に輪になり、父と母の〈おはら節〉〈炭坑節〉を楽しそうに踊る姿は職員と共に在る父の信念を実行していた。

〝父と娘の最後の旅に仏桑花〟

尺八と九段の母

夏の夜は、糊の効いた浴衣を着て、涼しい表縁で父は尺八を吹いていた。大学時代尺八の奥伝の免許を持つ腕前であり、時には私の琴との合奏も気軽に応じた。長唄も張りのある艶やかな発声で唄っていた。私が幼少の頃の父は東京音頭を唄い、酒宴を盛り上げ、腰を上げ楽しそうに踊っていた。晩年は孫の体を洗いながら〈道ずれ〉と〈星影のワルツ〉を口ずさんで孫と笑う声が湯殿から流れていた。

二葉百合子唄う〈岸壁の母〉、来る日も来る日も我が子の姿を待つ老いた母の姿は日本人の涙腺を刺激し、巷の人々に唄われた。日本も東京オリンピック以来高度成長に突入した。父は老いた母の役作り、演じ方を郵便局長の伊藤さんを呼んで十八番である〈九段の母〉の手ほどきを受けた。毎年全国持ち回りで開かれる戦友会の隠し芸に〝九段の母〟を演じた。本物の白髪のかつらに着物を揃え、杖は折り畳み式に作りカバンに入れ、各県での戦友会の宴会の余興に花を添えていた。空港で杖が探知機にかゝり、検査官に「チョット待った、カバンを見てもいいですか」と呼び止められた事が余程滑稽だったのか、父は子供のような顔をして家族に語った。箸を運びながら、満面の笑みの父の話を家族は笑いを堪え聞いていた。

〝まどろめば亡父の吹く音や月の使者〟

晩年の父

東側の池を三枚の田圃に変えていた土地の三分の一の広さに鉄骨で父のゴルフ練習場を作り、朝夕球を打つ音が絶えなかった。起床は六時、就寝は遅いが早起きの父であった。床に就くとすぐ深い眠りに入るが、夜中にトイレに起きる回数が増えても目ざとい毎朝だった。私が薩摩市より夫達彦の運転で着く頃は、丁度父の朝食が終る時刻であった。私は父の車に乗り替え、青田市の病院と私の仕事場へ向かった。達彦は武田の本家の医院を継いで働いていた。車中で父は私にいろいろな事を語り、私は聞き役に徹していた。医師会長を筆頭に十二の役職を抱え、小柄な父の何処に駆り立てるエネルギーが潜んでいたのか、鉄骨作りの父の軀付きはタフであり、気さくな人柄の父の肩にはずっしりと数々の役の重石が乗っかっていた。大学時代、ボート部で鍛えたとは言え、年と共に劣え行く身が案じられた。歯ぎしりしてでも西や東へと飛び動く姿が一番父らしい幸せな時であった。

昭和五十二年、父はK大学附属病院へ前立腺手術のため入院した。検査の結果、片方の腎臓の摘出手術を受け、時を経ずして前立腺の手術となった。尺八とボート部で鍛えた父の肺活量に検査医師は驚いた。入院には母が付き添った。父の好物はソーメンであり、毎日届けると飽きもせず美味しそうにすゝる音が部屋に流れた。毎朝の髪と髭の手入れは几帳面にしていた。高熱の時も身だしなみを整える父に主治医は驚き、先輩医師の父の姿に感無量で立ちつくしていた。

日曜日は早起きして、空港ゴルフ場に運転をし汗を流していた時の父がホット息つくひとときであった。人さまの慶事は真っ先に駆けつけ、祝賀の宴を計画する父であったが、自分の事となると晴れがましい席に座することはなかった。武田家の家訓は驕り高ぶるな、何事に於いても努力質素を旨とし、常に父と母はそれを実行し、頭を低く決して何事につけ自慢せず、人の悪口を言わなかった。

朝、私が城本に着くと、父は薬瓶を手にしていた。胃の具合が悪い時、昔から調合していた重苦水（苦味チンキ一g、重炭酸ナトリウム一g）が父の常備薬であった。車の後席に父と並んで腰を落した。「近頃食事が進まず、体重が五kgも減った」父は淡々と口を開いて言った。「便秘もしてネ」父の言葉を畳み込むように「お父様、私も便秘をよくしますょ」と言葉を繋《つな》げた。重苦水を呑む姿を目にするようになったのは、昭和五十八年の二月頃だった。三月に入り、父は軽装でバック一個を持って検査入院へ元気よく福岡へ飛び立った。長男雅行が助教授で居る九大学附属病院へ入院した。雅行は検査の結果を父に本当の事を最後まで告げなかった。エレベーターの中でポツリと「膵臓癌だとアウトだからなァー」と父の言葉が引っ掛っていた。私は病名も知らず元気になると信じて福岡へ行くのが楽しかった。大学の門を入り、長い廊下を歩き、父の部屋へ行った。「お父様、又参りました。お具合いはいかがですか」父に会えた喜びで上擦った声が流れた。「まあ、まあだなァー遠い所ご苦労さんだったネ」娘を見て顔に喜びの皺が走り、いつもの父の顔がベットにあった。開腹手術の結果、病名膵臓癌、余名三ヶ月と宣告された事を私は知らなかった。そんな時、父に叙勲の報らせが入った。呑気にしている私に康行が「お父様は三ヶ月の命だ」と重々しく告げた。がつんと石で頭を殴られ、目の前が真っ暗になり、ボオーッとした目で騒ぐ胸を抑えるのに必死であった。皆で頭を揃え、母には知らせず看病する事に決めた。

毎日息つく間もなく走り続けた父は、ベットの上で歯痒い思いで白い天井を眺めていた。父の目線は遠くにあった。無念で泣いているように丸くなった背が震えていた。

母が叙勲授賞式に上京した。私は父の看病に岡山に嫁いだ妹と付いた。駅前のデパートの地下で買った鶏の空揚を二人で食べた。三十分過ぎた頃突然食中毒の症状に二人は襲われ、嘔吐、下痢に苦しむ二人を見るに見かねた父は点滴を中止し、ベットは妹に譲り、長い廊下を病人とは思えぬ元気な足取りの父の姿を見た。「蕗子に連絡して来る」と、公衆電話へ向かう後姿に首を傾げたくなる父の姿であった。

五月十四日、退院、父と母は飛行機で家に帰った。二ヶ月と十日間家を留守にした父は、茶の間で炬燵に入り、寛いで見舞客と普段と変りなく話していた。家の象徴であった樹齢何百年の大木のイヌマキがそよぐ新緑が冷やりとした木陰を与え、悠久の時の流れと共に命尽きたか、再生も空しく父と共に枯れた。すぐ下の網行が新しい立派な枝ぶりのイヌマキを植え替えた。広い邸内を散歩しイヌマキをじっと見上げ木魂のささやきに聞き入っていた。

涙の祝宴

　病と闘いながら雅行の教授選挙に心を砕く父に五月十七日朗報が入った。K大学医学部産科婦人科の教授選に当選。父の人生で最高の勲章であった。五月二十五日、病状が進み黄疸が全身に出た。やせた軀、黄色い顔、また入院と決まった。暗黙の中、父の叙勲と教授当選の祝宴を開いた。六人の子供、知人友人古い職員と父と母を囲んで記念写真に収まった。泣き出したい心境であったにも拘らず、父はいつもの通り上座に背筋を伸ばし正座した。手の甲は点滴注射の跡が痛々しかった。広い表の間に集まった皆々と別れの膳になろうとは思いたくなかった。父が長い廊下を歩いてトイレから出て来て、私と網行に向かって「今度はどうしても元気になれなくてネェ」とこぼした父の声は今にもしゃくり上げ泣き出しそうな弱々しい声であった。網行は涙を抑え、その場を走り去った。五月二十六日、再入院の日、身支度を整え父が出て来た。古くからの料理長柿木、事務長堂田に「行って来ます」今にも堪えた涙が零れそうに力を入れ、今生の別れの挨拶をして車の中に母と並んで腰を落した。再び家に帰る事は叶わぬ覚悟の挨拶をした。父の男らしい言葉に「お父様気をつけて行ってらっしゃいませ」と声を掛けると、黒塗りの車が正門を出て行った。笑顔で見送り、植木の茂みに屈み声を殺して泣いた。神々しい面差しの父、なんとも言えぬ気高い紳士の姿を醸し出していた。

〝城山に酷暑いざなふ大樹かな〟

父は、若き日に、研修した県立大学医学部の跡の中央医療センターに入院した。城山の登山口の下であり、西郷隆盛の終焉の地は目の前にあった。薩摩城の一角に建ち、私学校跡地の石垣には西南戦争の砲弾の跡が、激しかった戦さを物語っていた。いつも何処へ行くにも一緒であった父と母、父は永年大勢の患者の最期を診て来たので己の病状から判断し、全ての事を察知していた筈なのに何一つ病名の事も聞かず、また口にもしなかった。

父の部屋は三階の西側だった。部屋に入ると嬉しそうな父の顔、穏やかな表情で、「ご苦労だったネ」と優しく手伝いの労を労った。

七月に入り、いつになく猛暑が続いた。何も知らせてない母は、父が渾身の力を込めてベットを降りて排尿する後姿を見て、「あんな姿になって……」と涙をそっと拭いていた。早く母と交代していたら良かったのだが、疲れから母が倒れた。病院の中であったのが不幸中の幸いであった。母の病状も落ち着き、見舞客をエレベーターホールまで見送り、病室に帰ると、看護師が呼びに来た。暗い表情の主治医は「すぐ家族の皆に連絡して下さい。難かしいですネ」と事務的な冷たい声で告げた。私は気が動転し、体中に恐怖と震えが走った。「先生、そんな事を言わないで下さいョ」慌てて父の病室に掛け込み、十円玉を探す私の背に「どうしたんだ……」と父の低い声にびっくりし、思わず十円玉がぽろりと手から零れ落ちたのを父は見逃さなかった。私は病室を出てすぐ右手の突き当たりの公衆電話に走った。弟網行と夫に連絡を入れるダイヤルがもどかしかった。上擦った甲高い声は廊下を走り、ドアを開けたままの父の病室にも届いた。心臓に心房細動が出ると、一旦良くなった症状の段階で脳血栓を起こす事があり、詰った血液を溶かす点滴注射の連日であった。

そっとドアを開け、「お母様ァ……」と呼んで母の部屋を覗くと、目は開いて意識はあるが全く言葉を失っていた。

父の病状が進んで腹水が溜まり、お腹がパン〳〵に膨れ、黄疸症状が出て、苦しい我が身はさて置き、母の病状を心配していた。「蕗子はどんなことかァ」さりげなく父は聞いて、「まだ、そんなことかー」と重い言葉が返ってきた。父は決して弱音を吐かなかった。常に冷静で看病する者に優しい心遣いを忘れなかった。

父が洗面器に吐いた血液を一つ〳〵指で分析し、「俺もこんな体になったかァー」と、肩を落してつぶやいた。「捨てずにそのまま置き主治医に見せるように」と医師らしい毅然とした言葉に「ハイ、お父様そうします」と素直に返事し、部屋のトイレに駆け込み、堪えても〳〵も突き上げる哀しさに声を殺して泣いた。深呼吸してにっこり笑って父の前に立つ私より、どんなに辛く哀しい思いの末期の症状の父であったことか。顔も髭も剃り、髪もきれいに整えていた。父が突然「城本の水を飲みたい」と所望した。城本の水は夏は冷たく、冬は暖かい名水であった。私は毎日城本の家の水を戦地より持ち帰った水筒に入れて運んだ。父は美味《うま》そうに飲んでいた。

虫の知らせであったのか、母は七月二十一日午後、車椅子で父の病室を見舞った。元気な母の姿を見て父は嬉しそうに母の手を取り、無言の対面であった。七月二十一日は灼けつくような暑い日であった。私は父の初孫となる医学を学んでいる私の長男茂彦と看病に付いた。

「おー来てくれたのか、夏休みに入ったのか」と茂彦を見て父は喜んだ。

末期に入った父は、給食を口にしなくなり、箸で突き残していた。夕食が運ばれて来た七分粥を前にして正座した父は、突然食器をわしづかみして、ぐい〳〵とお粥を残さず飲み込んだ。私は目を見張った。まさに壮絶な最後の晩餐《ばんさん》であった。後片付けをしている私に「花を〳〵……そこに白百合の花を……」と、座ったままの姿勢で用意する事を指示する父の言葉が理解出来ず、突っ立ったままでいた。父には「お迎え現象」がすでに始まっていたのだ。横になりジッと天井を見ている父、「お父様、頑張ってネ、又明日参りますからネ」挨拶をする私と息子に「有難う、お世話になったネ」いつもの通りの父の言葉を後にし、病室を出たのが夜の七時だった。夜中の十二時過ぎ、看病に付いていた姉和歌子より連絡が入った。叔母や親戚の者に連絡する手は震え、ダイヤルを廻す手はもどかしく、間違いのダイヤルを廻していた。病室に駆け付けた時は下顎呼吸に入り、大きな瞳が見開いていた。一心に人工呼吸をしている主治医を囲むようにベットの父を見守った。父の温かい手をしっかり握り、初めて肉親の死に立ち合った。チェーンストーク呼吸に変わり、突然大きな息を吐いて心臓の動きが停止した。

父が故郷城本に無言の帰宅をしたのは、七月二十二日朝方であった。几帳面な父らしく最後まで乱れる事なく正座し、最後の食事を呑み込み、七十四歳の生涯を生き切っての往生であった。父は「俺は白壁の天井を見ながら死ぬものか」と元気な頃の口癖であったが、そうはいかなかった。母さえ元気だったら城本の広くて涼しい家の畳の上で、父らしい最期を遂げさせたかった。医師手帳に元旦の計から七月十四日まで、父らしい几帳面な日記が綴られていた。また当時先見性の考えの父は何十年先のいじめ、不登校児、認知症の事を講演したり、新聞で発表していた原稿紙が机上にあった。

〝ひぐらしや帰らぬ人の声ぞ聞く〟

六本の矢に守られて

父の看病中に倒れ、父と同じ病院に入院していた母の回復は順調であった。右手の麻痺《まひ》は完全とは言えなかったが、薄れて不自由はなかった。癌患者は看病する家族の誰かが倒れるまで息を引き取らぬものだ。末期の病人と看護する者の凄絶な闘いであると、父や夫の言葉を常日頃人事のように聞いていた。

別棟の母の病室に父は立ち寄って永遠の別れをした。丁度父が息を引き取った時刻に、母の腕を引っ張るので、大声を上げて目が覚めたと、母は紙に書いた。

母は、紺碧の海、火を吐く雄大な桜島の見える九階の病院に転院して、治療とリハビリに専念する日が流れた。毎日言語訓練士によるリハビリを受けた。絵と字を見て口を開き、たどたどしい言葉のリハビリに一所懸命な母、日毎に一言々が言葉になって来たが、筆談の方が多く几帳面な母らしく記憶力は抜群であった。痛々しい程の母の努力を目の前にして、思わず涙が零れ落ちた。

九月十五日、敬老の日。優等生の母は一時外泊許可が出て、久しぶりに家に帰った。

父の最期を看取り、葬儀をしてやれなかった事が余程残念であったものか、父の遺影を見て声を上げ、肩を震わせて泣いている母を初めて目にした。

昭和五十九年十一月二十九日、母退院。一年五ヶ月ぶりに退院して帰って来た。私は当時の日記を繰ってみた。華麗な、およそ挫折などとは無縁に見えた母蕗子の人生であったが、連れ合いの看病中に倒れた我が身が、どんなに辛い事であったことか、今日はお母様が退院されお帰りなさる嬉しい日であった。永い胸のつかえ、肩の荷が下りて、顔が綻んできたようだ。この座にお父様が居てくだされたら、何の不足もなかった。母は私に入院中作った革の札入れを退院土産に渡した。「おせわにない、い、い、りました」一言々たど〳〵しいが、はっきりした言葉だった。手先の器用な母はリハビリで一所懸命作った札入れであった。母は父と暮らした城本の旧家を私と夫に任せ、青田市の父の後継者の二男康行の家に移り住むことにした。思い切りの良さに私は腰を抜かしそうになった。何の未練もなく、新天地に第三の人生を切り開いた。広い旧家に悶々として居るのは私の方であったようだ。父ありて大家族の輝きと賑わいの黄金の日々の夢にどっぷり浸っていた。

〝夏邸に父母の越え来し歴史かな〟

昭和五十九年十二月三日、母快気祝。弟康行の家に家族が集まった。母がここまで元気になれるとは想像も及ばぬことだった。ひょっとして母も……という思いが胸中を過り、哀しい思いを誰も口にしなかった。細身の母は一段と細く薄くなった肩と背をシャンと伸ばし、箸を運んでいた。祝膳を囲む家族の顔は、父の看病、葬儀、母の看病と、次々に不意打ちを食ったが、人生の一番辛い哀しい試練を乗り切れた喜びで、やっと笑顔が戻っていた。

人生は流れる星のごとしと言うけれど、人生行路難《かた》し、と己の身にしみじみと感じていた。母は三男三女の子福者であった。洋装の母の姿は子供でも見惚れる程の気品があった。

また、和服姿は一段と見映えがした撫で肩で、きゃしゃな体に着物がしっくり馴染み、薄紫色を好んで古風な佇いの母は凛とした品格に溢れていた。

言葉は不自由であるにも拘らず、一族の要の母は背筋を伸ばし、行き届いた細かい心遣いを忘れず、昔のままに自分は食べなくても人に分け与えていた。戦前戦後を共に苦労したねえや福と又日常を共にしていた。大事に保存していた大島紬のモンペ姿で山視察に行く足取りは、若い者も付いて行けないほどの健脚であった。幼い日手をしばり外へ出した母の厳しさ、くよ〳〵と気にしないおおらかさ、この母ありて泣き笑いの人生を歩いたことに感謝し、母にはにかみながら「ありがとう！」とそっと呟いた。


〝菊月や着て立つ母の富士額〟

父の書斎

梅雨には早い菜種梅雨が降り出した。枝を四方に張っている桜の下の青芝の上は一面花が散り、張り付いた紅のジュウタンを私は歩いてみた。かすむ春空の下、隠れんぼをしたり、暖かい陽光の中、花に埋もれて寝転がったりした書斎前の芝の上、時折りの薫風に誘われるまゝ父の書斎に久しぶりに入った。長男である弟雅行と机を並べて勉強した旧い洋間は、高曽祖父が米国へ留学し、帰国して建築した明治の公邸の洋風に似て天井も高い造りであった。父愛用の英語、独語の辞典や医学書、歴史の本がそのまゝ並んでいた。父亡き後、父の声を聞きたくて部屋を片付けた時、ゴルフ帽子、愛用のカバンの品々は全て書斎に保存した。あれから歳月は流れ、今だに忘れもしない父の匂いが、すっぽり私を包み込んだ。戦地から持ち帰った将校鞄と水筒が衣紋掛けに昔のまま埃をかぶり掛けてあった。父はよく本を読み、書き物をして、新聞や講演に依頼され原稿を書いていた。書斎を出て東側の広縁のガラス戸を開け放つと、スーッと屋根より高く伸びた老木が目に入った。

キササゲ（ノウゼンカズラ科）であり、利尿剤としてよく煎じて父は調合していた。主は去ってもキササゲは枯れた細長い実を枝に付け、新しい葉が芽吹いていた。現代は煎じる用もなくなったが、ぐつ〳〵と煎じていた父を懐かしく思い出し、キササゲの実採《と》りを竹竿で父としていた事が、ついこの前であったように思えてならなかった。

〝月澄みてラバウル島に亡父《ちち》と行き〟

水色のハンカチ

〝君に逢う嬉しさの胸に深く、水色のハンカチを秘める習しが、いつの間にか身に沁みたのよ、涙をそっと隠したいのよ……〟。

九十六歳の高木東六のピアノ伴奏で、水色のドレスの八十五歳の二葉あき子が、〈水色のハンカチ〉を歌った。ぴんと伸びた背筋の若々しい高木東六の鍵盤を叩く指が、力強く躍った。衰えぬ艶っぽい柔和な顔の二葉あき子の声はしっとりと胸に迫った。あるがまゝに生きる……と、インタビューに答えて、満場の拍手で舞台の袖に向かう二人に圧倒され、敬意を抱いた。生きる勇気と老いる楽しさを教えられた敬老の日の番組であった。(平成十一年NHKテレビ)

高齢の母はたどたどしい言葉と筆談を使い分け、懸命に努力する姿には頭の下がる思いであった。年齢の上に胡坐をかく事なく、母は何事も自分を厳しく律して、一歩々々老いの道を歩き生き〳〵と輝いていた。

平成十一年九月二十五日、案じた台風一過の空は青く晴れ、一抹の不安も払拭され、気分も心なしか高揚した。K空港、十四時三十分発東京行きANAのスーパーシートに母と並んで腰を落した。弟康行の心遣いで、私は初めてのスーパーシートであった。秋天に白い機体はふわりと浮いた。母と娘の旅がスタートした。飛行機嫌いの母と娘、甥と孫の結婚式に出席のための旅であった。母も私も頻繁に旅をしたが、親娘の飛行機の旅は今回が初めてであった。父の生存中は父と二人で旅に出た。

父は戦時中、軍医将校として赴任した南海に浮かぶジャワ島の海と空の美しさを見せたくて、母を伴って訪れる事が晩年の父の夢と念願であった。しかし、母は頑として腰を上げなかった。

シートベルトを締め離陸の態勢に入った。轟音と共に速度が加わった瞬間、飛び上がった。気持悪い一瞬で、ぐい〳〵と加速して大きな機体が上空へ上がり、海や山が遠退いて行った。一万二千メートル上空で安定状態に入るまで、私は両手で座席にしがみついていた。汗が額から流れ、喉は渇いてカラ〳〵になった。隣の母に首を回すと、両手を胸で合わせ穏やかな表情で目を閉じていた。「なあーんだ、お母様は飛行機嫌いではなかったのか……」と、私は汗の流れる胸を撫で下ろした。急にスーッと肩の力が抜けて体が軽くなって来た。

くびすを接する羽田空港の出口へ進んだ。母と一緒に枕を並べて眠る事は幼い頃以来のことだった。順送りに家を離れて教育を受けていたので、母との生活は人生のごく一部に過ぎなかった。父と母は星を戴く毎日であった。

幼い頃、夏の夜の事を思い起こした。蚊帳の中の涼しげな絵柄の夏布団の上で、姉弟は母と寝たくて走り回り、蚊帳の釣り手を切ってしまい、叱られて泣いて眠った幼い二人の弟の腹には金太郎の腹巻きが脈打っていた。翌日ドレスアップした母は一族の要として、息子夫婦、孫夫婦、ひ孫を先導して麻布の式場へ向かった。車を降りると、そこは風格のある洋館がケヤキの中に建っていた。アーチの門を潜ると、ファンタジーの世界に足を踏み入れた。大正十一年の建設で、当時では珍らしいヨーロッパ風のチューダー様式であった。

戦後はアメリカ、イタリア、最近はフランス大使官の公邸として利用されていた。踏みしめる一歩々々に歴史の風格と重みを感じた。段差の高い石段を毅然として足を運ぶ母の姿が緑陰の中に美しく映えていた。華やかな有徳人の夜毎の宴が催された公邸の貴婦人にも劣らぬ気品が漂っていた。

近来稀なる眼福に与らせて貰った。常にマイペースである母は疲れた様子もなく、長い空港を歩き、高いタラップをあるがままの体で上がっていた。前向きに物事を考え、冷静に老いの衰えを認め、自分なりに賢く対処して行く母は寒梅の如く凛としていた。母の顔の白さが薄闇の中にたおやかに仄めいた。

〝秋天に九十路の母の背は伸びし〟

母は気丈夫に一日々々を墓詣りし、敬老会やイベントの時は踊り姿を披露して、アンコールの拍手と花束で頬を染め、蕗子お姫《ひい》さまそのものだった。

「あのね、ねえやの福さんがネ」と私が言いかけると、「もう、よろしい！」と、ぴしゃりと私の言葉を遮った。母は人の悪口を言うことを嫌った。母を中心に六本の矢は回っていた。否、母が六本の矢を守っていたのだ。

平成十九年八月二十三日。猛暑の続く異常な日本列島であった。二男の弟康行が、父似で多忙極まりない役職を抱え、飛び回る毎日であった。たまたま休みにゴルフ仲間に誘われ、好きなゴルフに行くことが一番気の安まるときであった。母の手作りの小さなおにぎりを食べ、夕方には帰る予定で母に見送られ、喜んで家を後にした弟であった。球は芝の上を調子良く飛んだ。午前十時だった、事務局長が重々しい足取りで私の所で止まった。「理事長先生が危険な状態であると連絡がありました」落ち着かぬ目で足が震えていた。「おや、どうしてなの……」「それが……です」と詰った重苦しい声で一緒に行くかと尋ねた。私はきっぱりと断った。そんな事がある筈はない、昨日も元気でユーモアたっぷり笑わせて居た弟が……私は信じがたい話であった。私は私なりにする事があった。康行の嫁と二女と沖縄の旅に発ったばかりで、母とねえやの福が居た。母に誰が弟の死を伝えるか相談の結果、末の弟網行の嫁京子と母の部屋に足を運び、大きく深呼吸をして母の部屋の襖を開けた。温和な顔を向け、不思議そうに二人を見渡した。「お母様、康行さんが亡くなったのですョ」「エッ、なんだって……」腰を浮かせて母は言った。通じたのか紙とペンを母は出した。京子が紙に書くと、くい入るように紙の文字を見ていた。すると、母はさっと立ち上がり、布団や色々準備に取りかゝった。夕方に康行の遺体が玄関に入った。「おかえりッ」と無言の帰宅を母は気丈夫に迎えた。朝見送った息子の姿、自分を見送ってくれる筈の息子が先に逝った。人生朝露の如しと言われるが、母の哀しみは想像し難かったが、涙を流さなかった。病名、急性心筋梗塞、六十七歳の生涯であった。仲間に一人でも医師が入っていたら助かった命かも知れなかった。ただ、それが無念であった。

〝明日のなき命は桐の一葉かな〟

母は長男雅行が教授から学長になっても、稀《まれ》に見る誇りの十五名の医師の孫のことも自慢一つしなかった。静かに時は流れた。細い足で優雅な心を秘めて動く母の姿は昔のままのお姫さまで、誰からも慕われ、大事にされていた。

弟の死後、四年が経過していた。平成二十二年の夏頃から熱が出て、母はベットに伏せて安静にしていた。酷暑が全国的に続き高温の日が多い年だった。

いつも顔の手入れをし、シャンとしていた母は神々しいほどの凛とした姿であった。母には宮仕えをした高曽祖母の血が流れていた。母方の先祖は代々長寿の家系であった。迸《ほとばし》る命のままに、強《したた》かに生き続け、先祖の生命力のDNAを受け継いでいたのか、遙かに長く父や弟の命までも生き抜いた。

苦しむ事もなく最後まで手をしっかり握り、「お母さま、お母さまありがとう!!」と私は必死に呼びかけていた。母のベットを囲むようにして見守る中、心電図の流れが一直線になった。子供や孫に囲まれて、九十五歳の生涯を閉じた。病名は胆嚢《たんのう》ガンであった。

私の人生の分水嶺、何事もなにわの夢のまた夢でと独言を吐いていた。母の棺には武田家の誇りのお姫さまとの別れに家紋入りの衣を掛けて見送った。

〝慈しむ母の手ぬくしいまもなほ〟

〔付記・私の文学道程〕

駆け落ち婚

時井一郎は羽後秋田（久保田）藩主佐竹義尭《よしたか》の家老職に在ったお嬢酒田光枝を母とし、父は造り酒屋の二男時井良司の間に大正十一年九月二十二日、東京北豊島郡日暮里町大字金杉（荒川区東日暮里）に生まれた。

酒田家に出入りして居た時井良司は、年頃のお嬢光枝に一目惚れされ、また良司もお嬢に心を奪われ、度々出入りしていて二人は暗黙の恋仲になっていた。二人の恋を許す筈もない酒田家の父と母であった。二人の恋は反対されると、益々炎の如く燃えた。激しい逢瀬にのめり込み、重ねる度にぬきさしならぬ事と成り駆け落ちを企て、夜になるのを待って持てるだけの荷を持ち、東京行きの汽車にひっそりと身を置いた。着いた上野駅で降りた二人は、浅草に近い日暮里を住家とした。東京の街並みはモダンであり、明治から大正へ御代も変わって行った。

日暮里辺りはまだ〱開けた土地ではなかったが、若い二人が暮らして行くには事欠かぬ静かな所であった。良司は手広く事業を始め、羽振りも良くなっていた。日暮里に二階建ての豪邸を建築し、資産家時井殿と名を成して行った。背も高く偉丈夫で男前の良司は、色街界隈の女との情事も激しく、気に入った女を囲い、女道楽には事欠くことはなかった。光枝は家老職に在った血筋ゆえ、昔の仕来りを心得て良司の妾宅へ足を運び「お世話になります」とお手当てを届けていた。良司は、各界の人物との付き合いも広く、困っている人を見ると面倒を見る太っ腹な男であった。版画家棟方志功も時井家に転がり込み、良司に面倒を見て貰った一人で、世話になったお礼に志功版画等を置いていった。

或る日、幼少の一郎が街を歩いていると、ごつい男が通り過ぎ引き返して来た。「オイチョットそこの坊や」と呼び止められた。子役になる子を探している所に丁度一郎が目に留った。子役として映画出演となった。成長した一郎は、八坂俊雄の芸名で俳優としてデビューした。錚々たる有名人と一緒の写真に美人女優山路道子、西條八十、マキノ監督や俳優が居並んでいた。又、歌舞伎の世界にも縁を大事にしていた。津川雅彦、長門裕之はマキノの縁つゞきになる流れの中に一郎は身を置いていた。何本かの映画に出たものの、矢張り文学を片時も忘れられなかった。

〈青春謳歌・おきな《翁》草──火中〉

ぱっと咲きました
命いっぱい咲きました

老いという字を背負わされ
花まで白毛とおもわれて
命いっぱい咲きました
躰の全部は白毛だけ
これでも私は若いのよ
言ってみたとて翁草
ひとりで耐えて青春を
翁のゆえの恋ごころ（草花の翔舞）

大正十一年生まれの詩人、牧野徑太郎が五年の歳月をかけて、自ら「含羞の裂け目」として、辿り着いた高貴でかけがえのない詩人としての鮮明な磁場が、この植物詩集に見られると評価した人が居た。萩原朔太郎から「この徑を行きなさい」と、牧野徑太郎と、ペンネームを戴いた。

牧野は、詩集『翁草』を刊行した。表紙絵は長女、刈女がパッと咲いた翁草の花を描いた。私の夫達彦が出版した『オキナ草に魅せられて』の写真集が、たま〳〵東京在住の牧野徑太郎の目に留まった。「居ても立ってもいられない」と連絡が入った。

平成十五年四月二十九日。時期的には花の最盛期を過ぎていたが、俳句の弟子二人、俳優の友人を連れてまさに枉駕来臨、わずかに残っていた開花したオキナ草の前では、座り込んで花に頬ずりしながら涙していた姿は印象的だった。しかし、この花株から九月初旬、奇跡的に二度咲きの花が見られたのは誰もが驚き、神秘的なものを感じた返り花であった。

〝うつし世の猛き生命や帰り花〟

牧野は、幼い頃から親交の厚かった棟方志功作品の所蔵家としてもよく知られているが、太平洋戦争中の泰緬鉄道敷設で連合軍捕虜を救った体験をもとに長編小説『戦場のボレロ』上・中・下も著している。この小説は涙なくしては読み進めないほど、命の尊さを訴える人間味豊かな作品である。オキナ草を前にした諸動作や自然の小さな生き物を愛し続ける徑太郎の人間性、若々しい詩心を垣間見ることが出来る。八十一歳には見えない若々しさの秘訣は、自然の生き物へ注ぐ細かい愛情から生まれていたのではないだろうか。

『野鳥礼賛』を発刊し、年齢を全く感じさせない並々ならぬ創作意欲には頭が下がった。

めぐりあう運命

〝めぐりあふ運命《さだめ》となりし翁草〟

私は翁草の縁で牧野火中に俳句の手ほどきを受けることになった。火中とは飯田蛇笏より付けて貰ったペンネームであった。

五七五の文学にとんと興味のなかった私が、俳句を学ぶなどとは私の人生設計にはなかった。「恵美子よ」と時井一郎は幻影を見たのか、愛する恵美子に捧ぐ、と上梓した本には力強い太文字のサインをして送ってきた。

こんなに愛された恵美子とは一体どんな女性であったのか、ふとペンを手にし考えあぐねた。そして恵美子の魂が私に乗り移った。その時だった、恵美子の背に遠くから一郎の声がした。南の硝子戸から透した太陽の光が書斎の中程まで伸びていた。

静寂な神々しい何かが渦を巻いていた。恵美子の言霊が一郎さ～んと呼ぶ声に、飛び起きた。声はすり抜け、心のこもった柔らかい声が一郎の胸に広がった。恋々とした想いがあの小学時代の一年下の服部恵美子に走った。

片時も離さず戦場でも持っていた恵美子の写真のコピーが届いた。そっと封を切ってみた。そこには垢抜けたワンピースを着て、澄ましている恵美子が立っていた。出征前であったのか短い二人の青春が艶やかに荒川土手に輝き溢れていた。口を開く度、恵美子と呼ぶ一郎の全身に恵美子の霊はしっかりと張り付いていた。

昭和二十年三月十日。東京大空襲で下町辺りは焼け出され、恵美子は死んだ。婚約者であった恵美子が老い行く身の一郎に強烈な、女々しいインパクトを与えたのだった。

昭和十七年十月出征。

昭和二十年八月十五日終戦を迎えるも、南方捕虜収容所に抑留され、昭和二十二年五月、名古屋港に帰還《ダモイ》した。

日本浪曼派の中の詩人

東京荒川ふるさと文化館に於いて、「日本浪曼派の中の青年たち」のタイトルで牧野徑太郎コレクション特別展が開催された（主催、荒川区教育委員会）。会場に入った途端、会場の重厚な雰囲気とその豊富な内容に圧倒された。本名・時井一郎、詩人の萩原朔太郎が教壇に立っていた明治大学へ入学し、学徒出陣で繰り上げ卒業となった。詩集『拒絶』、小説『戦場のボレロ』日本文芸大賞、文学功労賞受賞。詩は萩原朔太郎、小説は中谷孝雄を師とし、伊東静雄、中河与一、淺野晃、保田與重郎、山岸外史、三島由紀夫、林富士馬等の作家と交流を持ち、さらに日本浪曼派と強いつながりを持つ棟方志功とは、媒酌人になって貰うなど家族的な交流をしていた。

棟方志功や日本浪曼派に属する作家の原稿や書簡、短冊、初版本、戦前の文学雑誌などからなるコレクションを所蔵していた。これらの一つ〴〵は牧野文学人生の襞からにじみ出た、「雫」であり、長年に亘って大切に集められた雫は、牧野徑太郎コレクションという名の文学、芸術の泉を形成したと言える。

本展開催を機に棟方志功作品を荒川区に寄贈し、人生に華を添えた。

平成十八年十月二十五日。荒川区区民栄誉賞、祝賀会に招待を受け、初めて荒川区に行った。『戦場のボレロ—過ぎ去りぬ季節が、今此処に在る』池袋演劇祭、優秀賞受賞、凱旋公演。死の鉄道とも呼ばれる泰緬鉄道は、アジア侵略を押し進める日本軍が、インド進攻のために輸送ルートとして敷設した軍用鉄道である（死の鉄道）。現地の戦争博物館の表門には「許そう、しかし忘れない」と書かれているほど、泰緬鉄道での日本軍関係者の多数が、「捕虜虐待」として戦犯となる。そんな中にあって主人公時井少尉は外国人捕虜との友情を結ぶ事によって画期的にこの困難な計画を押し進めた。しかしその事を是としない軍上層部は、時井少尉に捕虜全員の銃殺を迫った。国の情勢と縦社会、そして友情と信頼関係の中で大きく揺れる彼の心……捕虜とボレロの演奏が暗闇の戦場に流れる、何回も演劇は上演され、観客の涙を誘った。そこには人間性豊かな時井少尉の姿があった。

「今年も篠原氏のお陰で、僕の『戦場のボレロ』が上演される運びとなりました。現代みたいなスピードの流れの世層では、六十年前の日本がどうして戦争に負けたか、日本軍隊の上層部の思い上がりが、日本を負けさせてしまったのです。再度日本は戦争が出来ない平和な日本でいたいです。僕のこの戦場のボレロを噛《か》み締めて拝観頂ければ幸甚です。是非お願いします。」時井一郎。

五七五に魅せられて

「凜さん、俳句を十句詠《うた》って送って下さい」と火中師の文を貰った。正直なところ考え込んでしまった。私の一番苦手とする五七五であった。指折り素直に十句詠い上げてみた。一応さまにはなっているようだが自信もないことだった。思い切って送ってみた。

「この句は捨てなさい。この句は凜さんらしい艶のある句ですね、驚きました。句にロマンが遊んでいますね、素晴らしいではないですか」と上手に私を句の世界に導いていた。又、「俳句は決して甘い目で自分を見て創ってはいけません。どんなお方が目を通されるかしれません。僕が前々からお話しているように、常に物体が自分を見詰めている、そんな感慨で油断なく見詰め返している覚悟で、常に物体、物象に四ツに組まれている精神でいて下さい。火中も四ツに組んで俳句の行司と戦って行きたいと信念を一層固めたいです。」火中より。

「俳句は助詞が心であり、命です。誰でも作れる句ではなく、凜さんしか作れぬ句を詠みなさい。」

私は倦まず撓まず、師の助言に従い忙しい中、五七五の世界に没頭した。どの世界にも起こる、いじめが在る事は今に始まったことではなかった。句友の一人が私の言葉尻を取り上げ叩き出した。私は別に競争欲もなく沈香も焚かず屁もひらずで気にも留めず叩かれるままにじっと我慢していた。師は知ってか知らぬ振りをしていたが、「なにくそっ!!　と歯をくいしばりおやりなさい、文学をする者は作品で勝負するものだ。ほっときなさい、人間思い上がるようになったらお仕舞だ。」私を励ます手紙が届いた。

「一つの刺激が凜さんの掌に大きな自信を握らせたのです。素晴らしいではありませんか、勝ったのです。いじめに負けない凜さんの覚悟は立派です。負けて勝つ、これも文芸精神です。たくましい前進に喜びを感じ、とても嬉しいです。」

「僕はどこの会に呼ばれても、何か偉そうに言う先生方が多く居りますが、僕は丁寧にお辞儀してから、徐にそれでは貴殿にはお書きになれますでしょうかと質問します。自分の作品には命をかけた自分の魂で詩を創っております。自信があります。これからは益々呆けて行くでしょう。人様に笑われないように努力はして見ますが、笑われましたらご一緒にお笑い下さい。宿命の悲しさです。お許しの程を、益々のご自愛のことお祈り申し上げます」（牧野）。業腹な事でも師は広い心で手紙を書いて相手に送った。さすが激動の戦地で叩かれても踏まれても運の強い生命力で長編小説を書き上げ、人を許すことを自から実行される朔太郎師の直弟子は誰もが真似出来ぬ、広い心の純真な人であった。

私は平成十七年四月三日。第一句集『蛇の衣』を上梓した。

〝太き枝S字に絡む蛇の衣〟

「句集『蛇の衣』は一冊目の句集であります。ご縁とは不思議なものでございますと、書かれてある。全く私自身も想像も出来ないこの句集『蛇の衣』が現に誕生したことは、素晴らしい出来事だと言う外はありません。素直な詠い上げを願いながら送って貰いました。

拝見する内に段々と句に落ち着きが出て、一日々々上手になるのが分りました。柔らかさで官能を包み込もうとする優しさが持ち味となっていて頼もしく思いました。それがこの一年、今日に至り句集にまとめられる迄になったのでございます。この句集は、あれこれ何を言うことのない、作者の大切な文学への私財である事と、次期への強い前進を祈って序に代えさせて頂きます。」（牧野火中）

平成十八年四月三日。第二句集『隠れ里』上梓。

〝残る雪訪ぬる湯場の隠れ里〟

「翁草の不思議なご縁に導かれ、この度厚かましくも二冊目句集『隠れ里』の出版の運びとなりました。これも偏に火中師のご指導をはじめ、同人誌ご一同の歯に衣着せぬ感評や激励の賜物と感謝申し上げます。」（句集あいさつより）。師は「もっと思い切って凜さんの個性を打ち上げられたら言う事はありません。二冊目は土俵の勝負で大関になるか幕下に甘えてしまうか瀬戸際です。二階から雪だるまを見るのではなく、雪だるまがどう自分を見て創るのか、これが俳句道なのです。なんでもないことをなんでもなく作句が出来たら有難いのですが、上手になるより素直になって下さい。俳句に上手下手なぞあろう筈はありません。読者がどう受け留めるかが大切なのです。自分と読者の中間に自分を置いて暫く見詰めることも大事です。」（火中）

「『物を博くも読まで、世に思ひあがらんずる若き人の迷ひ路ぞかし……』と言うような言の葉が雨月物語にあるが、これは作者上田秋成が本居宣長を難じて言わしめしことであり、句集『隠れ里』に集められた俳句は衒うことなく、秋成の言の葉に同意義として当てはめらしことを、この一年の道連れに於いて感じて納得して参りました。そこで敢えて序文としてこの道程を書くことに承知させられた訳であります。作者のこの俳句との生き方に就いては、恐ろしい程に誠実であります。その努力は毅然とした勇気を持って詠い上げていることに共感を禁じ得ません。」（火中）

私は俳句以上に人間として在るべき姿や、萩原朔太郎師より受け継がれた言葉の数々をご教示頂けたことは、私の人生に於いて何にも代え難い至宝であり、人生の師として文学の師として、尊敬の念で一杯であった。

平成十九年四月吉日。第三句集『恋飛脚』上梓。

〝恋飛脚色なき風に戯れつ〟

「『出会いは運命であり、褒美であり、ドラマである』と謳った詩人がいたが、まさにその通り、この度三冊目『恋飛脚』の出版の運びとなった。三冊目句集『恋飛脚』はもう火中にはなんの言葉もありません。眞赫な努力が一頁々々に滲み出ているとしか浮かび上がらないのです。人間の努力は絶対な才能を示すものです。『恋飛脚』上梓、「おめでとう!」と腹の底から叫ぼう、そしてひたすらよくやった。よくやり通したと褒めるしかない。この句集は生き生きと宇宙を回転し、そして更に第四句集の石段になる事を願って止みません。」(火中)

平成二十年九月吉日。第四句集『浮寝の夢』上梓。

〝笹鳴きや浮寝《ふかね》の夢にうかされし〟

翁草も綿毛となり、春風に乗り気ままに思い出の地に軟着陸し、新しい命が芽吹いている頃と思う。四冊目に取り掛ったが、なかなか先に進まず足踏み状態であった。人生には予期せぬ天災や突然の無常の風に見舞われ、三年続けて痛烈なショックやパンチを受け、今だにその悲しみのどん底から這い上がれぬ中、厚顔無恥も顧みず四冊目の上梓であった。火中師は寄る年波には諍う事は出来なかった。度々夜中に倒れ、救急車で運ばれては一晩泊りの便利な患者でもあった。戦争で一度死んだ男の躰は鋼の如く強靭なものだったが、そうはいかなかった。幸いにも解説に文芸評論家志村有弘氏が見事な解説で、私の句に新風を吹きかけて読者の納得のゆく心に強く残る感評をお書き戴き、火中師のご縁に唯々感謝の思いであった。

火中師は日を重ね、弱音を吐かれるようになった。「どうしたんだろう、僕はどうしても書こうとすると書けなくなった。頭の中が真っ白だ、どうしたんだろうか、こんな悔しい事はないよ」と綴られ封書が届いた。電話にも出られずベットに伏す日が流れて行った。或る日、突然「僕、ガンだってよ」と悪戯坊やそのままの声を耳にして、その後連絡もぷつりと絶えた。入院前の覚悟の上での遺品が息切れし届いた。優しいお心配りであった。蛇は一寸にして人を呑む、まさに師の人生だった。

平成二十二年一月五日。恵美子の待つ神の徑へ昇天した。八十六歳の生涯だった。

〝沙羅の花慕ひし君は風となり〟

平成二十三年三月吉日。第五句集『弾み玉』上梓。

〝弾み玉どこへむかふや風まかせ〟

妖、艶幽玄、孤愁、古典的伝統美の世界を踏襲し、この世の儚さと闇の世界を凝視した独自の句境！　亡父母、亡き師知人へ贈る鎮魂と追慕の書である。（文芸評論家、志村有弘）

平成二十五年四月吉日。第六句集『狐の祝《ほがひ》』上梓。

〝日照り雨狐の祝しゅくしゅくと〟

日照り雨に狐の嫁入りだと空を見上げては、嫁入りの提灯行列にメルヘンの狐にほのかな夢を抱いたものだった。老いゆく身にも童心に返り、可愛い狐に浮世の夢を託し、転変やまない人の世に、狐の嫁入りに嫌なことは忘れ、メルヘンの世界に遊びたかった。

「滅びしものと儚きものへ注ぐ、俳人の優しく透徹した眼。艶やかな美の中に示す揺れ動く心。金子みすゞを詠む秀句！」（文芸評論家、志村有弘）

平成二十六年七月二十一日。第七句集『優曇華の花』を上梓。

〝うつし世の見なれぬ花や優曇華花〟

「三千年に一度咲く優曇華の花、月世界へ翔け去ったかぐや姫、悲劇の公達平敦盛、全てが哀しく儚い物語である。華麗な色彩美の中に花、闇、恋、儚さを凝視する作者の俳句の真骨頂がここに！」

（文芸評論家、志村有弘）

師と文人、父母、そして故郷

師の声の夢にたゆたふ朝寝かな
朔太郎忌このひとときに師と吾と
仏縁に師の声聞くや十夜果て

岩魚焼き亡父《ちち》の高膳蘇り
逝き父の飛魚《あご》の塩焼き思ひけり
炎天の雲は慈父母の姿《かたち》して
星の夜や母に抱かれしぬくし夢
花の顔この世に在りし母を恋ふ
足袋履けば清艶に舞ふ母恋し

未来《あした》こそ生還《かへ》り給ふや赤蜻蛉
かなかなや久遠の想ひたぐりよす

朝焼けて雲を支へし桜島
西郷の無念の洞窟《あな》や蝉しぐれ
枇杷咲きて裾野へ展く桜島

人の世は夢幻の命蓮の咲く

あっ、父も母も師もそしてまだ若い弟までも五色の雲に乗って、天に翔け昇った。長男雅行の教授の椅子と引き替えた父の尊い命は尽きた、余りにも大きな代償であった。

一番楽しみにして居た父の心情を思うと、測り知れないことだったが、医学の事を父は息子と思う存分語りあいたかったことであろう。又、雅行もこれからの人生に父の豊富な経験を聞き、医学の道へ生かしたかったことだろうに……。息子はそれほど偉大なる父を尊敬し、頼りにしていた。又、父に喜んで貰いたかった雅行と母の思いを考えると、「お父様、少し早すぎましたね」と愚痴をこぼしたかった。

きっと今頃は、母と弟康行と会い差し伸べる父の手を頼りに西方浄土を案内され、雅行の教授としての活躍、時の人となり報道された研究の数々や、国立から法人化という大激変の中、国立大学の二十一世紀は始まった。

学長として陣頭指揮を執り、目覚ましいユニークな焼酎講座など次々と設置して行った。父が一番聞きたい事であった。

父にたっぷりと語っている母のたおやかな姿をしげしげと見つめ、しぶい父の唄声で母が踊って楽しんでいる天上の宴が始まった。

〽蘇州蘇州と軍馬はなびく……、兵隊生活を送った者でないと分からぬ哀調をおびた声であり父は酒が入ると、〈麦と兵隊〉を唄っていた。陽気な、おおらかな父の面影が恋しく思い起こされてきた。

優曇華の花の咲く頃に又出会うことがあったなら、お父様、お母様、弟康行よ、偉大なる時井一郎少尉殿（火中師）又、私に人間心が大事だと教えて躾けた祖母琴に「凜さん、あんたも精一杯頑張ったね」と褒めて貰えるように、残りの人生は己の品格を磨き、一歩一歩明日へ命を繋げてゆきたい。

虹の橋を渡り雲に乗って逝った諸人の物語をたっぷりと夢路にたどった。そして私はこの辺で物語の宝箱を、しっかりと結って徐に引き出しに収めた。

〝優曇華の花咲く頃にあいたふて〟

相聞歌

西穂　梓

序章　天平の時へ

かなり以前の話になる。新聞の文化欄に「謎の乙女と恋人」というエッセーが載った。中身は忘れたが、謎の乙女とは狭野茅上娘子《さののちがみのおとめ》。恋人は中臣宅守《なかとみのやかもり》。彼女を初めて知ったのは遥か半世紀も昔、高校の古典の時間だった。

君が行く道のながてを繰り畳ね
　焼き滅ぼさむ天の火もがも

罪を犯した宅守《やかもり》は遠く越前に流されることになり、それを悲しむ恋人の茅上娘子《ちがみのおとめ》。引き裂かれた二人は唯ひたすら消耗の激しい恋を六十三首の相聞歌に託した。
「あなたが行く流刑地までの長い道程を、手繰り寄せ畳み束ねて、焼き滅ぼしたい。貴男を行かせずにすむ、そんな天の火が欲しい」と。
十五、六歳の、恋に憧れるだけで恋を知らなかった私は、たぶん同年代であろうこの狭野茅上娘子の恋に圧倒され、羨ましく、彼女の歌を繰り返し口にしたのだった。
小さな記事に、半世紀も前のことが思い出され、あの相聞歌を今一度読み返し、二人のことをもっと詳しく知りたくなり、『万葉集』を手にした。

岩波古典文学大系『万葉集』巻十五の注釈に中臣宅守は、中臣東人《なかとみのあずまひと》の子とあった。「中臣東人」どこかで見た名前だった。

中臣東人を人名辞典で引くと、奈良時代前半の中堅官僚、父は大舎人《おおとねり》の中臣意美麻呂《なかとみのおみまろ》。母は「大化の改新」で活躍した中臣鎌足の娘、つまり光明皇后の父・藤原不比等《ふじわらのふひと》の異母妹である。

中臣氏は鎌足の時、天智帝より藤原朝臣《ふじわらのあそん》の姓《かばね》を授けられ、中臣一族は藤原朝臣となるが、息子の不比等は、持統帝に願い、藤原一族を全て中臣の姓に戻し、改めて不比等の直系だけが藤原の姓を名告り、その他は中臣氏のままとした。中臣氏にしてみれば不比等藤原氏との同族関係を断ち切られ、屈辱的な格付けをされたのである。

意美麻呂は鎌足の養子として、不比等が成人するまで氏上《うじのかみ》つまり藤原氏の代表であったが、中臣氏に復した後は専ら神事に仕えることとなった。尤も、藤原から切り捨てられたとはいえ、不比等政権下にあって東人の一家は藤原氏の親戚筋としての立場は保っていたはずである。

東人は生没不詳だが、七一一（和銅四）年、従五位下。七三二（天平四）年、兵部大輔、翌年従四位下といえば中級貴族である。

さて、更に中臣の項目を捜していたら、奈良時代の官僚にもう一人中臣東人がいた。

私の記憶にあったのは、後者のこの中臣東人。正式には「中臣宮処連東人《なかとみのみやこのむらじあずまひと》」といい、「長屋王の変」で密告という極めて重要な動きをした人物である。

藤原不比等の死後、政界の第一人者として政権の中枢を占めていたのは長屋王《ながやおう》。彼の父高市皇子《たけちのみこ》は天武帝の長男の生まれながら、草壁皇子や大津皇子などとは異なり、地方豪族の娘を母に持ったために、皇位とは無縁であった。皇位は母親の出自が大きな影響力を持っていたからである。

長屋王の場合、父の高市皇子とは異なり、母は天智帝の娘・御名部《みなべ》皇女という血統の良さに加え、正妻は聖武帝の叔母・吉備内親王。さらに吉備の生んだ王子たちは母方の祖母になる元明天皇により、皇孫扱いとされ皇位継承権が与えられていた。吉備内親王を母に持つ長屋王の息子が皇位に即く可能性は充分にあったのである。

長屋王邸跡出土の木簡を見ると「長屋親王宮」の墨書があったり、あの時代、氷室を所有し、夏に氷を食すなど豪勢な暮らしぶりが、千三百年後の現代からも伺える。

こうした長屋王家の存在は聖武帝や藤原氏にかなりの警戒心を抱かせたに違いない。

長屋王は聖武帝を脅かすほどの血統に恵まれ、かつ能力的にも優れた知性を持つ学者肌の政治家であった。だが恵まれ過ぎるというのは、一面大きな落し穴を持つ。

長屋王には相手の内面を想像し、相手の立場をおもんばかる能力が欠如し、おまけに朝堂における自分の力を過信していた。藤原不比等存命までは均衡が保たれていたが、不比等の死後、その息子達とは事毎に対立。つまり王は今風の表現をすると、「空気の読めない人」だったと思われる。

平安時代の「安和の変」の源 高明《みなもとのたかあきら》と藤原 師輔《ふじわらのもろすけ》の息子達との対立を思い浮かべる。源高明は流罪で済んだが、長屋王は妻子共々、悲劇の深淵の真っ直中に墜ちた。

長屋王は自分を恃むあまり、自覚の無いまま、臣下、つまり卑母を持つ聖武にことごとく苛立ちを覚えた。聖武に対し一見慇懃な態度をとってはいても、いわゆる「上から目線」で対峙していたのではないだろうか。

嫉妬は人の心に寄生し、人の心に勝手に巣くって人の心を喰って育つ化け物。知らないうちに冷静な判断を失し、適切な対応を狂わせる。長屋王ほどの聡明な人物でも、自分の内面の暗部には思いが至らなかった。

真の貴人にこそ高邁な魂が宿る、と高邁な気位の持ち主であると自負する長屋王。彼は自分が誰かを嫉妬するなど、露ほどの自覚もなかったであろう。自分ほどの血統の良さ、育ち、資質に恵まれた人間がいったい誰を羨むことがあろうかと。

一方で皇族の長として事ある毎に前例を振りかざす長屋王の態度は、皇族出身ではない、臣下の娘に過ぎぬ藤原宮子を母とする聖武帝のコンプレックスを刺激した。

さらに母・宮子の尊称問題で長屋王により帝としての権威を傷つけられた聖武帝は、ますます「藤原の帝」へと大きく傾斜していったに違いない。

聖武帝と長屋王の確執が繰り返される中、安宿媛がやっと聖武帝の男皇子、基王《もといおう》を出産。生まれると直ぐに皇太子に定め、掌中の玉よと愛しんだのに、一歳にも満たずに夭逝。

どん底の悲しみの中にいる聖武のもとへ「皇子の死は、長屋王の呪詛による」という密告に、聖武の怒りは爆発した。その時の聖武には改めて一考するという慎重さは皆無だったろう。「長屋王の変」

はまさに機が熟し、起こすべくして起こった。

天平元年（七二九）、密告を受け政府軍は王の邸宅を包囲、二日後、長屋王、正妻・吉備《きび》内親王、皇位継承権を持つ王子たちも同じくまた自ら首を吊った。

この政変の引き金となった中臣宮処東人《なかとみのみやこのあずまひと》は密告により、無位から外従五位下の身分と多大な褒美を得、朝廷の武器管理をする兵庫寮《ひょうごりょう》の役人に取り立てられた。

「長屋王の変」から十年後、宮処連東人《みやこのむらじあずまひと》が長屋王家の元下僕に刺殺され、連東人《むらじあずまひと》の誣告《ぶこく》が公になった。宅守が連東人の息子であれば、父が起こした誣告に連座しての流罪とも考えられる。そして茅上娘子《ちがみのおとめ》との間にあの膨大な相聞歌が生まれた。なんというドラマだろうか、と私はそう思い込んでいた。

だが、研究の進んだ現代では、宅守は朝臣東人《あそんあずまひと》の息子説が有力であるという。

千三百年前、生まれ育ち、身分の違う、二人の中臣東人が同じ頃に存在したために、その経歴が混沌と入り交じって、口コミが主な情報源であったあの当時、同姓同名による混乱や誤解が生じなかったであろうか。

現代人でも姓名判断は気にする。名前に霊力があると強く信じられていたあの奈良時代、大事件を引き起こした者との同姓同名という事実はひどく忌み嫌われることではなかったか。それで本人はもとより、家族達にも誤解や悲劇は生じなかったか。

また、宅守が朝臣東人の息子であるとして、その流罪の原因は何か。女孺《にょじゅ》との恋愛があげられる。

だが、それが原因で宅守が流罪となったなら、一方の当事者である茅上娘子は何故、罰を受けず、都に残ることができたのか。

さらに流罪となった下級官僚と、下級女官の女嬬が、高価な紙や筆、墨をどう都合したのか。それとも安価で手に入れやすい木簡に角筆で文や歌を書いたのだろうか。

また、どういう方法で二人は相聞歌のやり取りをしたのか。

インターネットによる通信は無論、電話も、メールも、ポストに投函すれば届く郵便の仕組みどころか、飛脚便が活躍した江戸時代より遙か昔、奈良時代である。「駅制」「伝馬制」という平城京と地方を結ぶ連絡網はあったが、役人や公文書を運ぶのが目的であるから、便乗するとしても、官僚やその家族の中でも特別な立場の人々に限られていたであろう。ましてや罪人が公的機関の利用を許されるとは思えない。

『万葉集』を彩る宅守と娘子の六十三首の相聞歌。この恋歌にまつわる物語には何かまだ、秘められたものがあるのではないか。

どんな意思が動いて、この一連の恋歌がまとめられ、『万葉集』に収録され、千三百年後の現代まで語り伝えられたのだろうか。歴史の真実を秘め、汲めども尽きぬ物語の泉、それが『万葉集』なのだろうか。

第一章　皇女の記憶

遠くで母君の泣き叫ぶ声が聞こえた、と阿倍皇女《あべのひめみこ》は思った。否、それはただ漣のような人の気配であったかもしれない。阿倍皇女の部屋まで母の泣き声が聞こえるはずはない。

だが、皇女には母が半狂乱になって泣き叫んでいる姿が手に取る様に見えるのだった。

つい先ほど、乳母の目を盗んで部屋を抜け出し庭を横切り、別棟の、今は弟の病室となっている母の寝室に忍び込んだ。

看病禅師や薬師《くすし》、侍女たちが母君やお祖母さま、叔父君たちを取り囲んで動いていた。みながひそひそと喋り、物音を立てぬように気を配っているので、大勢の人がいるのに、部屋は異様な静けさに包まれ、隣室からは病魔退散の祈祷の声が洩れているだけであった。

弟の病室では皆それぞれに嘆き悲しみ落胆しているせいか、誰一人、阿倍には気付かなかった。

叔父たちもこの数日間でげっそりと頬は痩け、目は血走っていた。

護摩壇に焚く香の烟は一帯に流れ出て立ちこめ、阿倍は香の烟と匂いに噎《む》せて咳き込みそうになり、慌てて部屋を出た。

一瞬覗き見た部屋で、母君は基王《もといおう》の寝台に崩れかかって、声を押し殺して泣いていた。

「基《もとい》、しっかりしてちょうだい。わたしの皇子、わたしの命。私の日嗣皇子《ひつぎのみこ》、この母にそなたの病を代わって引き受けさせておくれ……逝っては駄目です。なりませぬ。この母を置いて逝ってはだめです……」

低い、だが悲鳴にも似た母の悶え声を聞くと阿倍はたまらなくなり、急いで自室に引き返した。

「皇女《ひめみこ》さま、どこへ行ってらしたのですか。日嗣皇子さまの病室に行ってらしたのですか。もう行っては駄目ですよ。きょうはね、お邪魔になります。……お母君様の御用で、この石井《いわい》も忙しくしてますから、どうぞお部屋で静かにしていらしてくださいね」

乳母の阿倍石井《あべのいわい》は慌てて言った。

「だからすぐに帰ってきたの。……お母さまが、病の基《もとい》に代わってやりたいと、泣いていらっしゃったわ。ねぇ、石井、もし、吾《あ》が病になっても、お母さまは同じように泣いて下さるかしら？」

「決まってますよ」

石井は小柄な阿倍皇女の体を抱きしめた。

「基が生まれた時、みんな喜んで、父君までが、皇女に弟ができたぞって、にこにこなさった。宇合《うまかい》の伯父さまが、皇女、藤原の日嗣皇子が生まれましたぞ、って吾に頬ずりなさった。伯父さまは毛深いからこちょこちょして嫌だけど、伯父さまだけが吾のことを抱っこして下さった。基が生まれたら、もう誰も、吾のことなんかどうでもいいのよね。みんな基を見てとても嬉しそうだった。今はみんな悲しんでいる……やはり基は皇子だから大切で、吾は皇女だから、どうでもいいのね。いつもそうだわ。石井、吾を見るお母さまの眼、知ってる？　まるで、吾が元気にしているのがいけないことのように、怖い眼をなさって吾をご覧になるのよ。吾が気付くとすぐにいつもの優しいお母さまの眼になるけど……基でなく吾が病気だったら、お母さまはあんなに悲しまないでよかったのにね」

「皇女さま、そんなことをおっしゃるのではありません。今のお言葉、絶対に誰にも言ってはいけませんよ。いいですね。この乳母に約束して下さい。皇女さまはもちろん帝の大切な第二皇女さまです」

「でも一番ではないわね。基が一番大事。日嗣皇子だからね。そしてお父さまには別の御殿に別の皇女が二人もいる。吾より大きいのと小さいのと。お父君さまにとっては一番目の皇女の方が二番目より大切かも。三番目の方が小さいから二番目より可愛いかも」

「皇女さま、そんな、ひめさまらしくないですよ。そんなはしたない言い方。いじけるのは皇女のなさることではありません」

石井はそう言って、阿倍を再び強く抱きしめた。

神亀五年（七二八）九月十三日、安宿媛《あすかべひめ》所生の日嗣皇子・基王薨去。二週間後、長さ二丈あまりの赤い尾を引く流星があり、四つに割れてちりぢりになり、その一つが宮中の庭に落ちた。

その年の末に県犬養広刀自《あがたいぬかいのひろとじ》が健やかな皇子・安積《あさか》王を生んだ。

基王の死後、父君は自室に籠もられるか御仏の前で祈ってばかりだった。あの頃、安積の誕生を喜ばれたのか、そうでもなかったのか、阿倍皇女にはなんの記憶もない。

聖武は安積の誕生を、基皇太子の生まれ変わりと、単純に喜ぶどころか、精神に混乱を生じさせたのかもしれない。皇統を継がすべきは、安宿媛が再び皇子を懐妊するのを待つか、広刀自の生んだ安積王か、長屋王の王子のいずれかか、それとも安宿媛所生の阿倍内親王かと。

聖武帝は我が子といえ、実家の身分が低い妃、つまり卑母の腹から生まれた子を帝位に即ける決断はできなかった。

なぜなら、母の宮子やわが妻安宿媛は右大臣にして政界一の実力者、藤原不比等の娘であっても、長屋王一派からは、皇族の出でないということで、常に「何処の馬の骨の娘やら」という沈黙の侮りが感じられた。

この宮中で、古い家柄とはいえ中小豪族に過ぎない犬養の血を受けた子に継がせたら、長屋王を始めとする皇族達に何を言われることか。我が子がどれほどの屈辱を耐えねばならぬことか。

わが血をこれ以上貶めさせることは許さない。自分が味わった惨めな思いを、我が子安積に繰り返させてはならない。

長屋王の慇懃な態度の裏に侮蔑を感じるほど、聖武帝は「藤原の娘の腹から生まれ、藤原の娘を妻とした朕は紛れもない藤原の帝である」という思いへ傾斜していった。

だから聖武は「そなたの産んだ子、不比等の血を引く子こそが即位する」と折にふれ、安宿媛に語っていたが、藤原氏の不安、安宿媛の不安は尽きなかった。

一方、安積が生まれて間もなく、安宿の執務室に、彼女の兄弟や母・橘三千代が集まり、安宿を中心に幾夜も話し合いが持たれていた。

「まずは、安宿媛の立后でしょう。そして安宿皇后が皇子を生むのを待つ。いかに安積王が年長とはいえ、皇后所生の皇子と、嬪所生の皇子では比較にもならぬ」

藤原四卿や橘三千代は安宿の立后を模索した。

だが、皇族出身でない安宿の立后に、長屋王を中心とする皇親勢力の反対は目に見えている。長屋王と王子たちを除かねば……積もりに積もった長屋王への反感。藤原氏はついに長屋王抹殺という謀略実行の火蓋を切った。

そして事件は起こされた。

その朝、阿倍皇女は突如、兵士を鼓舞する鋭い声、兵馬の行交う騒がしい音に目を覚ました。

「なにがあったの？」

「皇女さま、お部屋から出てはなりませぬ。御殿の塀の外に護衛兵が大勢来ておりますからね。卑しい兵達にお姿が見えるようなことになれば大変ですよ」

乳母の石井も女嶋も朝から母の許へ呼び出されており、側近く仕える侍女がうわずった声で言った。

「太政大臣長屋王さまがご謀反だそうです」

「むほん？　なあに、それ？」

「主上に対してとても悪いことをなさろうと、したそうです。今から兵士達が長屋王様のご一家を召し捕りにいくのだそうです」

「長屋王がなぜ父君に悪いことをするの？　吉備の大伯母さまの背の君なのに。父君か母君にお尋ねしなくちゃ」

「今は、お二人ともお会いになれません。皇女さまはお部屋で静かに過ごしましょうね」

阿倍皇女の耳に届いた軍靴の響きは、世に云う「長屋王の変」であった。

天平元年二月十日。中臣宮処連《なかとみのみやこのむらじ》東人《あずまひと》は従七位下・漆部造《ぬりべのみやつこ》君足《きみたり》とともに「左大臣正二位の長屋王私《ひそ》かに左道を学びて、国家《みかど》を傾けんと欲す」と朝廷に密告。

五ケ月前、皇太子基王《もといおう》を失ったばかりの聖武帝はこれを聞き、長屋王の呪詛で幼い皇太子の命が絶たれたのか、と激怒。その夜の内に勅許を得た藤原宇合《ふじわらのうまかい》らが六衛府の兵を率いて長屋王の邸を取り囲んだ。

十一日、一品舎人《とねり》親王、新田部《にったべ》親王、中納言正三位・藤原朝臣武智麻呂《ふじわらのあそんむちまろ》らが、長屋王の許を訪れ、その罪を窮問。

十二日、長屋王自尽。正室の吉備《きび》内親王、正室腹の王子たちも同じく自ら縊《くび》った。

中臣東人らの誣告に始まって、権勢ならびなき皇族一家はこうして天平元年二月、たった三日間で滅び去った。

第二章　出逢い

天平九年秋、時雨模様の昼下がりであった。中臣宅守《なかとみのやかもり》は西の御厩《みまや》である右馬寮の外に出てみると雨が降り始めており、御厩に戻って雨を避けることにした。

そこへ若い女が駆け込んできた。

「ほら、お嬢さん、足下にきれいな領巾《ひれ》が落ちているよ。あんたの大事な領巾だろう。踏んで汚しちまうよ」

女は足下見て慌てて領巾を拾った。

「ありがとうございます。道に迷ってうろうろしていたら雨が降り出して困ってました。蔵司《くらのつかさ》に戻りたいのですが、わたしはどう行けばよろしいのでしょうか」

ためらいがちに鈴を鳴らしたような声だった。薄紅の領巾を肩にかけると、秋の女神の竜田姫か、桃の花の化身を思わせた。

この日宅守は儀式に使う馬を確認のため、西の御厩に出かけた帰りであった。

「わたしはどう行けばいいのか、だって」

宅守は愉快になって声を上げて笑った。

「宮に奉公に上がったばかりなのかい」

「いえ、もう二年近くになりますが、こちらの方にお使いに来たのは初めてです」

「そうか。宮は広いからな。わかりやすい所まで案内してやるよ。もうちょっと待とう。時雨はさっと来て、さっと過ぎていく」

雨はすぐに上がった。宅守は女を後宮の蔵司の近くまで連れて行ってやった。

女は後宮に務める女孺だった。後宮の女官、たとえ掃除係りのような低い身分の女孺でさえも親しくなるのは禁じられている。その規則はよく知っていた。もし恋愛事件でも起こそうものならば重罪となることも、よくわかっていた。だから宅守はこれっきりのことと、あっさり別れた。女嬬の方も同じであったろう。

それがどういう偶然なのか、二人はこの後も三度、四度と宮中ですれ違った。

あんな偶然、きっと天の思し召しだったのよ、と親しくなってから女が言った。

ふたりが人目を避けて西の御厩の近くの森の奥に立つ欅の巨木の下で落ち合ったのは四度目の偶然の出逢いの後。

後宮の女官との恋は公に禁じられていても、長く女帝の時代が続き、しかも現天皇はお体も弱く、また藤原夫人への寵愛は絶対とかで、たかが女嬬風情が帝の御目にとまるなどあり得なかった。そんなことは先から承知と、采女でもない身分低い女嬬を相手の恋の駆け引きを楽しんでいる連中は意外に多い。だから若い二人もこの恋が禁忌に触れるという実感がなかった。

女の名は狭野茅上娘子《さののちがみのおとめ》と聞いたのは、初めての忍び逢いの時。

森の中の草むらでふたりは口づけを交わし、互いの素性を話した。

娘子は都から遠く離れた土地の村長の娘であった。深い山間の貧しい村。村には川が流れており、茅萱《ちがや》が群生しているという。だから後宮では狭野茅上娘子と呼ばれていると女は少しはにかみながら言った。

「深い谷間だから日が射さず、お米も満足に取れない村なんです。生えているのは茅や雑穀ばかり。都とは大違いの暮らしですよ」

「吾は中臣朝臣宅守《なかとみのあそんやかもり》というのだ」

「宅守様の姓は中臣とおっしゃると、神祇官でいらっしゃるのですか」

娘子《おとめ》は目を輝かせながら聞いた。

「ああ、そうだよ。もっともいつまで経っても下っ端の官吏だけどね」

「でも、中臣ってとても古い名家なのでしょう」

宅守は家柄や官位の話などしたくなかった。昨年疫病で亡くなった父の最終官位は従四位下兵部大輔《たいふ》だったから、宅守もその息子として当然、貴族となる従五位下は無理としてもそろそろ正六位下への昇叙があってしかるべき。今か今かと役所の上官の様子を期待を持って見ているのだが、沙汰が下る素振りは露ほどもなかった。

それどころか、東人、宅守の親子が代々の中臣の正嫡を継いでいくはずだったのに、いつの間にか父の異母兄、異母弟の家に神祇伯《じんぎはく》の職位を持って行かれそうな気配だった。

どうしてこんなことになったのか、この俺の母親の身分が低いからか？　卑母の生まれということは俺にはどうしようもないのに。

「それに、俺には政治力というか、世の中を上手に泳いで渡る才能はなさそうだ。俺の爺様の意美麻呂《おみまろ》だってそうさ。不比等様が生まれるまで、爺様が鎌足様の養子として後を継ぐはずだった。それが事情が変わってしまった。おまけに、天智天皇さまから、中臣は皆藤原の姓を頂いて名告っていたんだ。それが不比等様の意向で、あの御一家だけが藤原氏を名告るのを許され、他はまた中臣に戻されたわけさ。あの時藤原氏とは縁が切れ、中臣は藤原氏の後塵を拝することになったんだ」

掻い摘んで話してやったが、茅上娘子に理解させるのは無理であった。

まぁ、どうでもいいか、と宅守は娘子の耳たぶを噛んだ。

「くすぐったいわ」

娘子は身をよじり、甘い声を上げた。その声に数羽の鳥が羽ばたいた。


年が改まり、季節は巡り、夏になっていた。

「甘い香りだな。百合かな」

「ええ、この甘い気高い匂いは百合。ほら、あの草むらの中に二本、咲いている。ここに、私がいるのよって、姫百合が香りで囁くの。～夏草の繁みに咲ける姫百合の知らへぬ恋は苦しきものぞ～、って秘めた恋の香りよ」

「えっ！　巧いなぁ。なんて上手いんだ。姫百合の知らへぬ恋か。驚いた。娘子にこんなに歌の才能があるなんて知らなかったな」

「違うの。違うんです。これは大伴坂上郎女《おおとものさかのうえのいらつめ》というお方の歌なんです」

「あぁ、そうなんだ。あまりにも上手過ぎるんで驚いた。大伴坂上郎女というと、大伴家持《おおとものやかもち》さまの叔母君。大伴一族は優れた歌人が多い名族だ。娘子もよく知っているね。歌が好きなのかい」

宅守の言葉に娘子ははにかんで応えた。

「ええ、好き。蔵司で働くようになってから、時折詠まされるの。それで、お前は筋がよい、と上司の、藤原袁比良子《ふじわらのうひらこ》さまが目をかけて下さって、まずは人々の口の端にのぼる歌をたくさん覚えよって、教えて下さるの。だから字もずいぶん覚えたのよ」

「良い上司だな。袁比良さまか。確か南家のご次男・仲麻呂さまの奥方と聞いているが」

「ええ、お従兄さまと結ばれたのね」

「あのご夫妻方の父君達が疱瘡《もがさ》（天然痘）で相次いで亡くなって、昨年は朝廷も大混乱だった。だがこれからは仲麻呂様たちの時代だね」

「難しいお話し、わたしにはわからない……ところで、袁比良さまからお歌の題を出されているの。秘めた恋か、禁じられた恋よ」

「なんだ、そんなら俺たちの恋を謳えよ」

一陣の風が吹いて、また甘い香りが漂った。

「あら、嫌だ。そんなこと。でもね、袁比良さまが仰有るには、歌の力は、人の心を動かし、天地の神の心をも動かす力があるそうなの。坂上郎女さまとか、もっと昔にはお二人の帝から愛された額田《ぬかたの》王《おおきみ》さまとか、心をわしづかみにして揺さぶるような歌の上手がいらしたけど、今は天神地祇を感動させるどころか、男心を揺さぶる歌を詠む女は少ない、歌が上手になれば何れ大いに役に立つ、とよく仰有るのよ」

「じゃあ、娘子は歌の力で出世して偉い女官さまになるかも知れぬな。今からご機嫌を取っておかねば、畏れ多いな」

宅守が立ち上がって小走りに駆け出した。

「いや意地悪！　からかわないで」

娘子も嬌声を発して宅守の後を追った。

こんもりとした樹々の蔭は若い二人を隠し、忍び会いには格好な場所であった。

二ヶ月に一度だった忍逢いがひと月に一度となり、半月毎にと次第に頻繁になってきた。

七夕の日、約束の場所に娘子はまだ来ていなかった。宅守は欅の木の下に腰を下ろした。

日暮れにはまだ早かった。西池宮《にしのいけのみや》辺りに早々と篝火が揺らめき、かすかに管弦の音合わせらしい調べも聞こえる。

宅守はその遠音に合わせ篳篥《ひちりき》を吹いた。つたない調べではあったが、七夕の夕べに煌めき始めた星に捧げる篳篥の音は緩やかに流れていった。

娘子がようやくやって来た。息が弾んでいる。

「遅れてごめんなさいね。下がる直前にご用を言いつけられて、遅くなってしまったの。道が薄暗かったけど、あなたの篳篥の音で心強かったわ」

二人は並んで腰掛け星を待った。

「牽牛星と織女星は遠く隔てられ、年に一度しか逢えないなんてお気の毒。私たちはこうして、たとえわずかな時間でも毎日のように逢えて幸せね。でも、一日も早く女嬬のお勤めを終えて、晴れてあなたと結ばれたい」

　宅守は娘子の手を強く握った。

「そなたの勤めさえ終え、一度親元に帰れば、俺は父御の許へ行こう。そして二人は結ばれるのだ。今はまだ、お前は女孺だからな。見つかったらお咎めがある」

「ああ、女孺なんかでなかったら、すぐにあなたの妻になれたのに。でも女孺でなかったらあなたに逢えなかった。あと半年、無事に勤めれば、いいのね」

　そうだ、あと半年の辛抱さ、半年なんてすぐに過ぎるさ、と言いながら宅守は娘子の肩を優しく抱きよせ、唇を吸った。

　かすかなため息がもれた。宴の仕度の音が遠くに聞こえ、次第にすだく虫の音にかき消されていった。

　程なくして急に草むらの虫が飛び跳ね、虫の音が止んだ。直ぐ近くで男達の声が聞こえた。

「しっ！　誰か来る。見つかると拙い。離れよう。早く向こうへ行け。真っ直ぐ行け。横道に逸れるんじゃないぞ。ずっと、ずっと真っ直ぐな。振り返るな。じゃあ、十日にな。その日は早く仕事が終わるから、時間があれば市に行こう」

　宅守も慌てて背を向けて立ち上がった。
　四、五人の男達が談笑しながら近づいて来た。中の一人が足早に駆け寄ってきた。
「なんだ。宅守、お前か。こんなところで何をしている。若い女が、猫の子のように慌てて掛け出して行ったが、お前の連れか？」

からかい気味に声を掛けてきたのは飲み仲間の今麿だった。

「いや、違うよ。役所の疲れをほぐしてから帰ろうと散策していたんだ。女が前の方を小走りに行くのが見えたな。俺とは関係ないさ。お前こそ何だ」

「藤原仲麻呂様のお供だ。今宵は七夕だ。例年通り、才子と評判の高い方々をお召しになって、帝が今宵も西池《にしのいけ》の宮殿で詩宴をひらかれる。それで今、うちの殿さまも構想を練っていらっしゃるのだ」

「宮中で才子の評判を保つのも大変なことだね。仲麻呂様といえば、亡き父君武智麻呂さまの習宜《すげ》の別荘で催される〝龍門点額の文会〟の花形だと聞いたことがあったが」

「そうさ。うちの殿様は吉備真備《きびのまきび》様にだって負けない」

一行の中の一人が今麿の名を呼んだ。

「今麿、何をしている。宴の時刻だ。遅れるぞ、急げ」

じゃあな、と片手をあげた今麿はすばやく主人の傍らに走り、深々と一礼し、何やら報告している様子だった。

すらりとした長身、まっすぐな視線、寸分の隙もない完璧な貴公子、仲麻呂。

何時だったか今麿に聞かされたその人となりを思い出した。

「仲麻呂様は詩歌は無論、律令に詳しく、唐の書物もほとんど読破され、古今東西の学問に精通している博識なんだぞ。幼い時から大納言阿倍少麻呂《あべのすくなまろ》様について算術も学ばれている。算術というのは建築や土木測量にも必要な学問で、都の造営には不可欠な大切な学問らしいよ。政《まつりごと》は兄君に任せ、仲麻呂様は、いずれ国を代表する大学者になられる」

そんな話を今麿から散々聞かされたのは、あれは仲麻呂の父の武智麻呂《むちまろ》がまだ元気な頃のことだった。一緒に酒を呑みながら、鼻の穴を膨らまして、主人の仲麻呂の自慢を始めると今麿の話は尽きなかった。

「父君は左大臣・武智麻呂様。兄君は参議・豊成様。なんたって皇后様の甥だからね。ご次男だから兄の豊成様には遅れるが、二十一歳で内舎人《うどねり》、続けて大学 少 允《だいがくのしょうじょう》となられ、四年前二十九歳で従五位下だ。唐から戻った秀才吉備真備様が大学助で、その下にあって大学少允は学才に秀でた者がなる役職。仲麻呂様なら留学生にも学者にも劣らず十分その任に応えられるさ」

仲麻呂は藤原氏嫡流の南家の次男坊という生まれ育ちの良さだけでなく、難しい学問や計り知れない技術があるという話は他からも聞いていた。

阿倍皇女のお気に入りだとか、恋人なのだともっぱらの噂であった。

だが、学問一途だった仲麻呂が、昨年父君・武智麻呂公を痘瘡で亡くしてから、すっかり変わった。

「お館様はあの突然の悲劇を経験して、お人柄まで変わったよ。それまではおっとりした面もあったのに……以前の仲麻呂さまは家柄は低くとも吉備真備様を学問の師として、上司である大学頭として慕っていたのに、この頃では皇后様お気に入りの玄昉《げんぼう》との軋轢もあって、真備様にかなり批判的だ。兄君の豊成様に対しても毅然とものをおっしゃる。学問から政の世界へと進むべき道を切り替えられたようだ」

「藤原嫡流南家の若君だもんな」

「うん。藤原四卿の死後、皇后陛下のご希望もあって、政治の表舞台で活躍する決心がついたのだろうな。その気になりさえすれば、政敵を排し、政界を牛耳るような政治的手腕も実力もおありだ。もし仲麻呂様が極位・極官に至ろうと政治的野心を持ったら、それを叶える方だ。お仕えする私たちにしてみれば、この頃のお館様の変りようは頼もしいかぎりだよ。ちょっと怖い気もするけどね」

つい最近もそんなことを今麿の口から聞いたばかりであった。

二年前筑紫で発生した疱瘡《もがさ》（天然痘）は西日本中に蔓延してついに平城京を冒し、昨年は「夏を経、秋に渉って、公卿以下天下の百姓相次いで没死すること勝《あ》げて計《かぞ》ふべからず。近代以来未だこれあらざるなり」と『続日本紀』に記されるほどの猛威を振るった。

民衆はもちろん仲麻呂の父武智麻呂、その弟たちの房前、宇合、麻呂と藤原一門を牽引する有能な人材を始め、多くの官僚の命が奪われ、政界は混迷を深めた。

朝廷は安宿皇后の異母兄・橘諸兄《たちばなのもろえ》を中心に政権が樹立され、藤原氏は当然勢力を剥がれたが、働き盛りの父親を失った若い後継者達は次の跳躍へと屈み込んで力を蓄えていた。

不比等の孫といういゆるぎないその血筋を持つ豊成、仲麻呂兄弟に宇合の息子の広嗣《ひろつぐ》等々。中でも学識と才腕を持つ仲麻呂が次第に真価を発揮しだしたのである。父や叔父たちの死を踏み越え、蓄えていた実力で登竜門を突破、天に昇って竜となる鯉魚の如く、仲麻呂は政界の表舞台へ登場した。

これら若い藤原氏の登場を切望していたのが、安宿皇后だった。

十年前、安宿媛が生んだ赤子の基王を強引に皇太子の位につけたものの直後に死亡。その悲劇を逆手に藤原政権に立ち塞がった政敵・長屋王を抹殺したように、不幸を不幸で終わらせない、不死鳥の如き藤原の血の強かさであった。

宅守は地に冠が地につかんばかりに頭をさらに下げ、七夕の詩宴に向かう仲麻呂主従を見送った。仲麻呂にとって、道の傍らで額ずいている自分などは道端の石ころ以下であろう。当たり前のことなのだ。藤原一族の御方々の栄華の陰に、踏みにじられた多くの氏族があることを、わが中臣の一族の未来も閉ざされていることを、仲麻呂は解っているのだろうか、と宅守は激しく動悸を打つ胸を押さえた。

——やめよう、やめよう。何を思っても詮無い。仲麻呂は皇后の甥御。将来を約束されている藤原一族の秘蔵っ子として育った御方。我はその藤原一族に切り捨てられた中臣一族。藤原氏が政という表舞台で活躍すれば、中臣は神祇でそれを支える影の存在。しかも私は嫡流の生まれながら中臣の氏《うじの》上《かみ》から外れていく。仲麻呂は父の死で豹変し、次男ながらも藤原氏嫡流南家を牽引していく気に違いない。

人にはそれぞれ生まれも育ちも、こうして立場があり、運命が決まっているのだ。仲麻呂のことを意識してあれこれ考えるなんて俺はどうかしている。

我々はだれしも過去を曳きずって生きている。個々の過去、家族の過去、一族の過去……過去は各々の身に添った影だ。切り離すことはできない。過去の延長線上に連なって現在と未来がある。事実だ。といって、過去に拘っていては先へすすまない。振り返ってばかりでは未来が開けない。現在の充実もない。分かっているのだ、分かっているのについ底無し沼に足を踏み入れるように、些細なことに捉えられてしまう。やめよう、ほんとにやめよう。つまらぬ事を考えるより、娘子との恋に没入した方がどれだけ楽しいことか。自分の胸の内に巣くった真っ黒な感情に振り回されてどうする。己を律し、己に勝つとはなんと難しいことか。宅守は胸の中にふつふつ沸き上がってくる雑念を慌てて振り払った。

通り過ぎさま、今麿は宅守に囁いた。

「じゃあ、また、近いうちにな。そうだ。今夜は西池宮《にしのいけのみや》辺りを彷徨《うろつ》くなよ。我々、下っ端役人には全く無縁の世界だからな」

主従は去っていった。

仲麻呂の目配せでお供の列から一人が抜け出て娘子の後を追ったことに、宅守も今麿も気付かなかった。

十年前の「長屋王の変」の直後、立后した藤原安宿媛。皇族以外では初めての藤原氏出身の皇后の誕生に巷の噂は湧いた。

一方、官人の間では、その為に長屋王は抹殺されたと、囁かれ始めた。王は反逆罪など犯していなかった。あれは安宿媛を皇后の地位に押し上げるための藤原四兄弟の陰謀だったのだと。

今回、瘡が流行《はや》るにつけ、人々は十年前のあの事件を思い出し、四兄弟が相次いで死ぬと、

「やはり祟りだ。捏造された謀反で一瞬にして滅ぼされた長屋王家の祟りに違いない」

はや十年にもなろうというのに「長屋王の変」がつい先日のことのように、再び巷で話題となった。

なんという不幸な偶然か。宅守の父の名は中臣東人である。しかし、吾が一族は朝臣。長屋王を密告したのは中臣東人という同じ名であっても、そいつは連《むらじ》だ。中臣とはいっても親類縁者でもない、全く別の血脈だ。たまたま父が中臣東人という同じ名であっただけのこと。だが詳細を知らぬ人々はあの時と同じような目で見る。

「金と身分に眼が眩んだのかね」と。

役所でも宅守の背中で、

「ほんとにあれは惨い事件だった。身分と金を得る為には魂さえも売る者がいるんだからな。それにしても親爺どのが、同じ名の中臣東人とはね、宅守も気の毒だな。だが、何れにしろ中臣の者がやったことだ。ひどいもんだ」

聞こえよがしに、からかい半分で喋る。

振り返れば、同僚たちは薄笑いを浮かべながら話題を変える。

都に疱瘡が流行りはじめてから宅守は全く面白くない。彼を取り巻く空気は次第に重く淀んでいたのだった。全く根拠の無い誤解による風説に踊らされ、迷惑を受けた。

時と共に事件が風化して、次第に忘れられ、ほっとしていたのに、十年が過ぎたここにきて、また疱瘡の大流行で藤原四卿までが死んだ。なんで今更、長屋王の事件が持ち出されるのだ、という思いが宅守の一家にはあった。

宅守は、父と同名の中臣東人の噂でうんざりしている上に、父の死後、自分の昇叙が遅れているのに、鬱々としていた。いや、それどころではない。我が家は、中臣の氏上の地位を失うかもしれぬ。役所の仲間も噂をしてる気配がある。

宅守の周りに重苦しい空気が淀んでいたのが、突然、きらきらと光が輝き、春風が吹き抜けていった。女との度重なる偶然の出逢いに、娘子が口に出して言うまでもなく、「これは運命だ」と宅守も瞬く間に恋に落ちたのであった。

疱瘡の爆発的な流行もようやく鎮静化し、年もに改まり天平十年、正月早々、阿倍皇女《あべのひめみこ》が皇太子となった。

基王が急死して生まれ変わりのように、誕生した安積王は健康そのもので無事に育っていた。しかし長く皇太子の位は空いたままであった。安積王を皇太子に担ごうという一派の動きを重々承知していたが、藤原系の皇族を跡継ぎにという聖武の堅い決意は十年前と変わらなかった。

県犬養氏を母とする安積王が即位すれば、二代続いて卑母所生の帝と侮られる。それだけは許せない。一方、阿倍内親王の生母安宿は今や皇后である。前例のない女性皇太子と批判を受けようと、母親の出自が悪い安積より、皇后を母とする阿倍の方が、その地位ははるかに安泰だろう。

聖武はようやく決定を下した。そして阿倍内親王の立太子と同時に橘諸兄を右大臣に任命。諸兄は、僧玄昉と吉備真備を抜擢して政界を主導することとなった。そして、安積王は親王に宣下された。

地獄絵そのままの疱瘡の流行を経験した人々は観世音菩薩のように美しいという阿倍皇女の立太子できっと世の中が明るくなるだろうと期待した。

世の中が明るくなれば、あの長屋王の祟りなどという噂もいずれ消える、と宅守もかすかな希望を抱いていた。その明るい未来の証明のように、宅守は狭野茅上娘子と出逢ったではないかと。

第三章　事　件

宅守はそれなりの注意を払って逢引きしているつもりだったが、あの七夕の夕べ、欅の巨木の下での逢引きの後、仲麻呂の従者により、二人のことは調べられていた。

もともと役所でも周囲の飲み仲間の何人かは気がつき、素知らぬ顔をしてくれているだけだった。役所での宅守の顔つきが明るくなったし、生活にも張りが出ているのか、勤めぶりにもそれは現れていたから、同僚達もなんとなく感じていたのだろう。

女嬬との恋愛は御法度ではあったが、采女ならともかく、女嬬と恋愛したり、遊ぶのはよほど表沙汰にならない限り黙認する空気はあった。

当のふたりにしても娘子が女嬬ということで恋愛関係をおおぴらに出来ない分、甘さや切なさが増し、禁忌の恋に酔っていた。あの事件が起こるまでは。

七月十日。この日宅守と娘子は互いに休みを合わせて、市で買い物を楽しんだ。

「この朱色と青と、どちらが好きなのさ」

宅守は娘子に髪飾りを買ってやる約束で、店を三軒も梯子して愉しんだ。七夕も過ぎた秋だというのに日中はまだ暑かった。この日まさか、自分たちの運命を大きく狂わせる事件が起こっているとは夢にも思わず、市を端から端までぶらぶらして娘子に薄紅の色糸で飾った髪飾りを買ってやった。

二人が市場を行ったり来たりしていた時刻、右兵庫寮では殺傷事件が起こっていた。

事件現場は右兵庫長の部屋。

隣の詰所にいた者の話では、何を争っているのか、突然の鋭い悲鳴に騒然となった。

大属《だいさかん》の一人が刀を持って兵庫長の部屋に飛び込むと、血飛沫を浴びた雑用係が部屋の隅で震えていた。

「盗賊の襲来か」と聞くと、

「頭《かしら》が、左兵庫の少属《しょうさかん》に切られた」という。

見ると痩せぎすの男が小刀で右兵庫頭・東人の胸を刺していた。

「殿様の仇だ。地獄へ行きやがれ。卑劣な東人、天誅だ」

男は狂ったように大声で繰り返しながら、めった突きに刺していた。

「左兵庫の子虫ではないか。おのれッ、何をする！　気がふれたか！　みんな、何をぐずぐずしている、この気違いを取り押さえろ」

恐怖におののき、引き攣れた目を剥いたまま空を見ている東人。血まみれの子虫は逆上し喚き、罵っている。

役所中があまりのことに呆然としていた。人々が子虫を取り押さえ、刑部省《ぎょうぶしょう》の役人が駆けつけた時には東人はすでに事切れていた。刑部省の役人が居合わせた者達から事情を聞き始めた。

男は大伴宿禰《おおとものすくね》子虫《こむし》、左兵庫寮の少属。少属は下っ端役人である。この子虫、「左より右へ配属されたかった」と言っては、時折右兵庫の詰所へ顔を出し、雑談をしたり、碁を打ったりしていた。

きょうも鹿の干肉が手に入ったから、頭に差し上げたいといって訪ねてきた。

「何だかんだと顔を出す奴でね。右兵庫の人間だと思い込んでいる者もいたほどでしたよ。鹿の干肉は頭の大好物ですから、大喜びになって。すると男がそこにあった碁盤を見て、お頭さまの腕は相当なものだと評判だ、一度お手合わせを、とお世辞を言ったんです。上機嫌の頭が、よかったら一番さして行けというんで、その男と碁を差しだしたんですよ。取って置きの濁酒を飲み、居合わせた二、三人にも振る舞って、上機嫌だった。だが、暫くして、二度三度、子虫が待ったを掛けた。度々の待ったに、頭も気を悪くして、いい加減しろ、と言ったところ子虫が、貴様は昔から卑劣な男だと、罵り出し、今日こそ思い知れ、俺はこの機会を待っていた、これで仇がとれた、などと訳のわからぬ事を喚きだしたんです。子虫は握り締めていた小刀で、頭の胸を刺した。はい、間違いはありません」

東人は右兵庫の頭で従五位下、襲った男は左兵庫の少属、八位の下っ端役人。

役所の仕事上の逆恨みだったかもしれない、と刑部省の役人は言い、兵庫寮で東人の検死と、子虫の容疑について調べろ、と指示を出した。

子虫はまだ昂奮が収まらず、喚いていた。

翌日、事件の現場に居合わせた雑用係を刑部省に出頭させるように達しがあった。

雑用係は遅くに戻って来た。こんなに長く何を訊かれたのか、と仲間達が訊ねると、

「儂《わし》、昨日はあまりのことに興奮して忘れてたんだが、取調べを受けて思い出した。濁り酒のお代わりがないか探しに頭の部屋に戻った時、男が、〝親王さまの仇めッ〟、と叫んでいたんだ。子虫はたしか、殿様とか、親王様とか、長屋王様とか、喚いていたんだ」

「長屋王だって！　そんなこと、俺たちに昨日は言わなかったじゃないか」

「あぁ、あの時は混乱して忘れてた」

「それで、貴様が長屋王のことを言ったら、刑部省のお役人はなんと言ったんだ」

「取調官が、暴漢は確かに長屋王様、と言ったんだな、と念を押して慌てて部屋を出て行った。しばらくして偉そうな人と連れだって戻ってきて、同じ質問さ。儂はそれだけしか、知らないもんで繰り返し。役人達は部屋を出たり入ったり、ひそひそ相談している様子だったよ」

「やはり怨霊のせいなのかな」

「わからねぇ。だが、なんでも東人の家族にしばらく謹慎を申しつけると言っておったし、儂らも滅多なことは口にするな、右兵庫の者達にも伝えよと厳しく言われた。……なんで殺された者の家族が

謹慎で、仕事仲間だった儂らまであれこれ言われるんだろうか。子虫の家族や仕事仲間が罰せられるのなら解るが」

雑用係は髪を掻きむしりながら、訳が解らないと呟いた。

右兵庫の古参の者達がそれには応えず、意味ありげに目配せをするだけだった。

この噂は一刻もせぬ間に左右の兵庫中に、翌日には、宮中全体に広まり、やがて東西の市に集まる人々にも知れ渡った。


中臣東人等の誣告で始まった十年前の「長屋王の変」の時、宅守には詳しい事情が解らなかった。だが、あちこちから東人は父のことかと勘違いして、問い合わせがあったり、後ろ指をさされたりと、かなりの迷惑を受けた。

いちいち、あの東人とは別人だと言い訳をするのに疲れた父は体調を崩し役所をしばらく休み、母も外出を控え、ひと月ばかり声を立てて笑うのも憚ったほどだ。

「赤の他人の東人のためにとんだとばっちりを受けたもんだ。たかが同名、されど同名か。だが、噂が下火になって、誰からもあれこれ言われなくなると、なんとなく寂しいものだね。嵐が吹き抜けた後の虚脱感のようで」

などと父が冗談を言えるようになったのはかなり後のことだ。

あの天平元年の八月、妃のひとり、藤原安宿媛が皇后となった。長屋王家が滅んでわずか半年後のことであった。

父はこの時、「結局、そういうからくりだったのか。我が家は中臣のままでよかった。神に恥じない」と低い声で呟き、深いため息をついたのを、宅守ははっきり覚えている。

あの「長屋王の変」から十年近く過ぎたにもかかわらず昨年までの疱瘡の異常な流行は、長屋王の祟りだと人々は恐れおののいた。事件の黒幕だった藤原一門の方々が病に倒れただけではない。都中に死者が溢れた。

宅守の家では父に次いで母親が死んだ。妹は金鐘寺《こんしゅじ》の僧の祈祷で一命をとりとめた。道鏡というその若い僧は薬草に詳しく、葛城山で修験道をも身につけていた。妹の病に効いたのは僧が分けてくれた薬草だと宅守は今もかたく信じていた。

疱瘡の流行が収まり、両親の死からも立ち直り、狭野茅上娘子という愛しい女もできた。やっと毎日の生活が明るくなって、明日を楽しみにできるようになったというのに、今度は長屋王を誣告した東人本人が殺された。

やっぱりあの異常な疱瘡の流行も、四卿の病死も、また東人の死も長屋王ご一家の深い怨念、祟りなのか。まさか、また十年前のような噂が蒸し返されることはないだろうが、煩わしいことだ。

茅上娘子にこの話をしたら、あの子はなんと言うだろうか。笑うかな、心配するかな。そんなたわいないことを思うだけで、宅守は娘子に逢いたくなった。

東人が長屋王家に仕えていた大伴子虫に殺されたと知れわたったこの事件と判決は都中の耳目を集

めた。主の仇を打った子虫は、殺人にも拘わらず、その忠義を誉められお咎めはなかった。つまり、結果として十年前の「長屋王の変」は中臣東人の誣告によるものと、朝廷も認めたことになった。

このため、殺された東人の一家は、長屋王一家を誣告で亡ぼした罪深い一家と、近隣の者から石打たれ、遂にはどこぞへ夜逃げして行方知れずになったらしい。

さすがに皇后のご実家藤原氏をおおぴらに罵る声こそ聞こえなかったが、長屋王の怨霊や中臣東人の誣告は再び話題になった。


事件から数日後、仲麻呂は兄の豊成はじめ従兄らと共に皇后の執務室に呼ばれ、かなり遅くに帰宅した。

「皇后さまのみ気色はいかがでしたか？」

「うん、ご機嫌はひどく悪かった。きょう、そなたたちに何か仰有らなかったか」

「ええ、やはり、このところご機嫌がお悪いと女官達もぴりぴりしてますわ」

「十日前、大伴子虫と申す小者が右兵庫頭を殺した。碁の上の勝負でもめたらしい」

「殺人！　右兵庫の者が。そんな小者と皇后さまのご機嫌とどんな関係があるんですの。その者はお側にお仕えする者の関係者ですか」

「いや、左兵庫か右兵庫の木っ端役人だ」

「下々の争いが、なぜ皇后さまのお耳に？」

「東人じゃ」

「はあ？　あ、ず、ま、ひ、と？」

「そちは覚えておらぬか。袁比良子はあの当時まだ幼かったか？」

仲麻呂は部屋の真ん中に置かれた卓の前に坐り、白銀の酒器を取り上げ、手にした碧瑠璃の盃に酒をなみなみと注ぎ、一気にあおった。

「中臣東人と漆部君足が、〝長屋王に謀反の心あり〟と訴え出て〝長屋王の変〟が勃発した。あの時の訴人の東人だ。君足は間もなく死んだが、東人は右兵庫の頭にまで出世していたということだ」

「あぁ、その話なら存知ておりますわ、……十年前の事件が、それがまた何故、今頃？　だって巷では、この痘瘡の流行こそ、長屋王の祟りだと噂しておりますのに」

「そこだ。その流言飛語が漸く収まりかけてほっとしておるところに、この事件だ。しかも東人を殺した子虫という者は長屋王家に長年仕え、ご恩があった。讒言により長屋王家が滅びたのがどうにも許せなかった。折角の好機と、東人を斬り殺したと、仇討ちだ、と申しておるらしい」

「兵庫の役人が殺された話は私もききましたけど、十年も昔の事件の仇討ちだなんて。じゃあ、その子虫、十年間機会を伺っていたということなのですか」

「そこよ。こじつけが見え見えだ。第一、あの傲岸不遜な長屋王が、一介の小者に優しく眼をかけていたなど、考えられぬ」

「そうですわね」

「だが、吾が父やそなたの父など続いて亡くなられたため、痘瘡の流行が長屋王の祟りとの噂が流布している。だから人心を第一に考慮して刑部省が判断したというのだ。長屋王を陥れる讒言をした東人は殺されても致し方なし。殺めた子虫はおかまいなし。主人の仇を討った天晴れな臣下よ、と誉められた。律令を全く無視した判が下され、一件落着となった。大方、長屋王の一件を絡ませてきた子虫をお咎め無しにすることで、恐らく藤原氏に揺さぶりをかけるつもりだろう。諸兄公《もろえ》の意向を汲んだ吉備真備《きびのまきび》あたりが刑部省へ横槍を入れ、こんな判決が下りたのであろうよ」

「なるほど、おっとりした諸兄さまの意向というより真備の判断でしょうね」

「うん、そうだな。真備か……真備のことはさておき、この子虫の事件をお耳にされた皇后様が、悩まれておる。皇后様の兄君達、藤原四卿の悪行への祟りで、四兄弟は痘瘡に罹り、相次いで亡くなったのだと、また宮中で藤原氏の悪口が始まるに違いない。……何より主上《おかみ》の耳に達するようなことがあれば、神経質な主上はどうなさるか。藤原四卿の策謀に乗せられて、長屋王ご一家を死に追いやったとご自分を責められであろうし、きっと藤原一族そのものと吾を憎むようになられる違いない。そこが気がかりであると、お言葉があった。一刻も早く、宮中の燕雀《えんじやく》たちの口を閉じさせる方法を考えよ、とな。たしかにこの頃帝は反藤原氏的なところがあるからな。皇后様の御心配も当然だ」

冷徹で物に動じないように見える仲麻呂が、叔母の皇后のちょっとした言動に敏感に反応するのを袁比良は知っていた。

仲麻呂と安宿皇后、この二人は一見筆跡がよく似ているが、微妙に異なっているように、ふたりの性格や思考もとても似ているが、筆跡にしても性格にしても仲麻呂は冷徹な思考のようでいながら、詰めが甘くて脆い面がある。皇后は冷徹さを最後まで貫く。ちょうど二人の筆跡の相違と同じだと、常々袁比良は思っている。だが、この賢夫人、もちろんそんなことは噯《おくび》にも出さない。

「たしかに皇后さまのご心配は当たっておりますわ。困ったことです。私も心配しておりました。でも貴男がぴりぴりなさることはありませんわ。長屋王の件は貴男には関わりのないこと。亡き父達や皇后さまの問題です。でも、解決の仕方によっては、これは皇后さまの信頼を得る、あなたの問題処理能力を認めて頂く、絶好の機会となりますわね」

そう言って、袁比良は仲麻呂の横に坐り、二杯、三杯と重ねる仲麻呂から酒器を少し遠ざけた。

「空腹に呑んでばかりではお体に障るわ。酒の肴に出来たての蘇《そ》がありますのよ。さぁ、召しあがってみて。きょう作らせたばかりよ」

牛乳を煮詰めて固めた古代のチーズともいえる蘇は仲麻呂の好物。

「何か良いお考えがございますか」

「噂ほどやっかいなものはないな。止めれば、よけいにヒソヒソと喋りたいものだ」

「そうですわね。ならば、燕雀達がもっと興味をもつような噂を立てればいかが？」

「長屋王の祟りよりも、ということか」

「そうですわ。このところ、疱瘡《もがさ》だとか、祟りとか、頭を抱えたくなることばかり。とくに疱瘡はどんな人でも罹る可能性があるのに。伯父様や、我が父達が続いて亡くなったのも、兄弟愛が強く、お見舞いに駆けつけたために罹ったのに。けっして長屋王の祟りなんかじゃない……もう怨霊話にはうんざり。そろそろ、もっと甘い、涙するような話題を欲する頃。例えば、お歌の題になりそうな禁断の恋とか、ここしばらくそんな話題に遠ざかっておりますわよ。宮中も、市も」

意外な話の展開に仲麻呂は袁比良子の顔を覗き込み、女どもが喜びそうな、悲劇だの、禁断の恋などと、袁比良らしくもない戯言《たわごと》を、と呆れ顔で言った。

「あら、あなた、七夕の夕べに、中臣宅守とかやらと、蔵司の女孺が逢い引きしているのを見たとおっしゃいましたよね。……中臣宅守の父親の名は東人というではありませんか。あの中臣東人とは別人の神祇伯だそうですが、中臣東人というその名は藤原氏の悪行、そして長屋王の怨霊、という風に次々に連想させます。それはなりません。長屋王を連想する東人という名の者を父に持つ宅守。この男をどこかへ流罪にでもして、都に置いてはなりませぬ」

「それは……」

「女は蔵司の女孺と仰有ったので、調べました。狭野茅上娘子という者。偶々、歌の才があったので目をかけている娘ですのよ」

「なんだ、そこまで調べたのか。わが手の者より迅速で詳しいな」

「父から常々言われておりました。周辺で起きたことは一刻でも速く、正確に掴めよと。後宮で生き抜くため、下々の情報もおろそかに考えてはならぬと。皇后さまの御生母の橘三千代さまが常々おっしゃっていたとか」

「なるほど。さすが北家の房前叔父の娘だ」

「好都合な事に、あれはまさに禁断の恋。男を流罪にして、二人を引き裂き、激しい恋の歌の応酬をさせるのです。人々の胸を掻きむしるような切ない恋を語らせるのです」

ふーむ、と仲麻呂は又一口、酒をあおった。

「そんな、たかが歌で、人々の関心を変えるなど出来るかな」

「たしか、諸兄公の意向を受けて、大伴家持が、上は主上《おかみ》から下は民草や防人たちの歌、東歌《あずまうた》まで集めた歌集の編纂を目論んでいるとか。飛びつきたくなるのは家持ばかりではありませんわ。甘い恋歌なら宮中だけでなく、東西の市でも噂にいたしましょう」

「歌集など、いつ出来るとも皆目わからんものだぞ」

「それはそれ。大切なのは皆の関心が、長屋王の祟りやあの事件から離れることですよ。みなもっと新しい噂を求めているはず。悲恋の噂なら、藤原氏の悪行などという無礼な噂を少しは打ち消すかもしれませんわ。長屋王の変の一番の黒幕は、武智麻呂伯父さまではなく、我が父房前だと、宮中でのもっぱらの噂だそうですね。私だって父の名誉を守りたい。早く、長屋王の怨霊には消えていただきたい。そのためには何だってやりますわよ」

冗舌になった袁比良子に仲麻呂は押し切られる形でその計画を実行することになった。

第四章　別　れ

東人が子虫に殺された事件は、人々を驚かせた。十年前、いや去年、疱瘡の流行が吹き荒れ都中に長屋王の祟りが噂されていた時以上に、怨霊の噂が跋扈した。さすがに以前ほどには宅守の父親の東人と兵庫省の東人が混同され、誤解されることはなかったが。中臣東人の名は人々の口の端に上った。あの事件以降、宅守は娘子に連絡がつかず、逢えたのはもう冬の気配のする頃だった。たまたま、娘子が働く蔵司の近くですれ違いざま言葉を交わした。

明日の夕刻、いつもの場所で篳篥を吹きながら待っているよ、と宅守は小声で囁いた。それだけの会話を交わしただけであったが、宅守は何処かで誰かが見張って、この会話を聞かれているような気がした。

厩の近くで娘子と短い密会をしていたときも、宅守は見張られている気配を感じたが、やはり錯覚ではなかった。

三日後、宅守は突然刑部省に連行された。

「罪状は女嬬との恋。禁忌を犯した罪だ」

刑部省の役人に女嬬との恋、といわれ、宅守は一瞬、よろめいた。

「このところ後宮の風紀に締まりが無くなっていた。そなたたち下級官吏の中に、女嬬ぐらい相手にしてもかまわんだろうという緩んだ空気が蔓延しているのはよく承知だ。ここで風紀を引き締める。

そなた昨年両親を亡くしたばかりというのに不心得じゃ」

取り調べの役人は薄い唇を歪めて言った。

宅守が捕らえられた翌日、何も知らぬ娘子は蔵司で袁比良に呼ばれた。

「掌蔵さま、お呼びでございますか」

「娘子、愚かな娘。何で呼ばれたか解っているか。吾が何を言いたいか、解っているか」

「なにごとでございましょう」

「恋愛はまかりならぬと、後宮に入るに際し、厳しく言い渡されたはず。それがあろうことか、神祇官と森の中で密会とは、何を考えておったのか。共に処刑されるか、流罪になるか。それぐらいの覚悟はあろうな」

「処刑、流罪……そんな……おゆるし下さい」

「都を追われ遠国へ流罪となろうな。そなたは賢いし、歌の才もある。容姿も美しい。先々どれほどの幸運で道が開けるかと、吾も楽しみに手を取って歌も教えてやったのに。これは吾に対する裏切り。わかっておるのか」

「宅守様に出逢ってしまって、どうにも自分を抑えられなくなりました。お許し下さい」

「名は宅守か。それではやはり相手は神祇官の中臣宅守で間違いないのだな」

「はい、そうでございます」

「宅守か、その者は今頃刑部省で取り調べを受けておろう。いずれ判決が下る。覚悟しておけ。そなたも本来は獄に繋がれるはずだが、吾が責任を取る故と願って、とくに拘束はされぬ。吾の手許で謹慎するのだ。よいな。万が一、そなたが不埒な考えを持てば、宅守は直ぐさま、獄舎の前の樗《おうち》の木に首を架けられる」

娘子は宮中から追われただけで袁比良の乳母の家にお預けになった。

「宅守は越前に流罪となるであろう。越前は流罪としては遠からず、しかもわが殿の弟君が越前守である。殿を通じて便宜も図ってやれるであろう。悲観するな。越前は米も魚も豊かな土地、飢えることもあるまい。中臣と藤原は元々同族。都に戻ったら、殿にお願いして配下に入れてやろう。それから、そなたのことだが、謹慎だけで、不問とされるように手を回しておいた」

「なんと御礼申し上げればよいか」

「わが殿の力のおかげだ。この恩義は忘れるでない」

「はい」

「まぁ、考えてみれば、そなたに諳《そら》んじよ、と命じた歌はほとんど恋歌だった。恋歌ばかり諳んじていると、若い身では恋に堕ちるであろう。吾が罪作りであった……昔の歌詠みは、額田王にしろ、坂上郎女にしろ、みな歌も上手いが、恋多き女ばかり。次々と男を変えても、禁じられた恋でも、歌の力であの者たちはみなに崇められ、批難などされない。恋の多さが褒美であった。そなたも人々の心を揺さぶるような夫恋いの歌を詠み、それが評判になれば、太政官をも動かし男は早く都へ帰れるかも知れぬ。何とか、越前と文の往来が出来るよう手配しよう。そなたは、思いの丈を切々たる歌で詠め。命を掛けよ。天地《あめつち》をも動かす歌を詠め。そなた達の歌が宮中や民草の間で評判になり、同情の声が多くなれば罪も軽くなり、男の流罪も止めになるやもしれぬ。世の中とはそうしたものだ」

袁比良の話通り、宅守は越前国に流罪と決まった。袁比良から許しを貰い、娘子は宅守の牢にまでやってきた。もちろん面会は許されるはずもない。

「宅守さまにこのお歌をお渡し下さい。蔵司の掌蔵さまからその旨のお許しを頂いております」

宅守は看守から少し黄ばんだ唐紙に書き散らした歌を渡された。反古の切れ端を張りつないだらしい。つたない筆跡ではあったが、娘子の叫びの歌は宅守の胸を強く打った。

あしひきの山路越えむとする君を
　心に持ちて安けくもなし
わが背子しけだし罷《まか》らば白栲《しろたへ》の
　袖を振らさね見つつ偲ばむ

たとえ獄舎につながれていても、今はまだ二人とも都の内だ。私が越前に去ったあと娘子はどうするのか。涙で墨が滲み判読し難い。

和歌とともに形見にと届けてくれた白妙のこの着物を着て、袖を振れというのか。牢を出て逢坂山に向かう私を娘子はどこからか見送ってくれるのか。

袁比良様の配慮か。娘子がなけなしの金をはたいて牢役人へ心付けを渡したからか。墨と筆を借りることができた。

宅守は身につけた衣の袖をちぎり取り、これを裂き、一端に返歌を書き付けた。

　塵泥《ちりひぢ》の数にもあらぬ我が故に
　　思ひわぶらむ妹が悲しさ

塵や泥のような私のために、桃の花にも似た可憐なお前が苦しみ、哭いているのではないか、と宅守も書きながら涙は止どめなく流れる。墨が滲んで娘子は読めないかもしれない。宅守は牢役人に、明日、娘子が来たらこの袖の切れ端を渡して欲しいと頼んだ。すっかり馴染みになった牢役人は快く引き受けてくれた。

娘子からの文も、そしてこの袖の端に書いた歌も、牢役人が読めるとは思えないが、どこから洩れるのか、娘子と宅守の歌が、すぐに東西の市に集まる人々の口の端に上った。

長屋王の怨霊や東人が殺された話題がさほど人々の興味を惹かなくなり、東西の市では宅守と娘子の禁忌を犯した悲恋がもっぱらの話題だと、教えてくれる役人もいた。

いよいよ出発の朝、罪人達は牢を引き出され、警護の兵に前後を挟まれ都大路を逢坂山の方角へと引き立てられていった。見送りか、見物なのか、ずいぶんの人出だった。

宅守は人混みの中、狭野茅上娘子を捜した。どこからか、聞こえる、懐かしい声。

「宅守さまぁ、宅守さまぁ」

紛れもしない娘子の鈴を振るような声。

「君が行く道のながてを繰り畳ね　焼き滅ぼさむ天の火もがも」

それは絶唱だった。

「君が行く道のながてを……」

娘子の歌に宅守はとめどなく涙をこぼした。周りの人々も感極まった表情でその歌を唱和している。そうなんだ。流される罪人の家族たちはみな同じ気持ちなのだ。

「娘子、その通りだよ。二人を引き離す越前までの長い道を焼き滅ぼす天の火が欲しい。そうすればいかにお上とて私たちを離ればなれに引き離すなんてできないのに」

宅守は叫んだ。だが歩をゆるめることはできない。娘子は罪人一行の後を都大路までついてやって来る。

羅城門のところに何時来たのか、今麿がいた。今麿は娘子を引き留め、二人は羅城門で見送ってくれた。

都を立つ直前に渡された文に、袁比良子さまを通じ夫君の藤原仲麻呂様からご配慮を頂いているから心配せずに、どうか生きて帰ってきて、とあった。

何故、あの仲麻呂が！

仲麻呂の端正で冷たい顔が一瞬浮かんだ。

越前への道中さえも娘子の許へ歌を届けて欲しいと役人に託すと、警護者たちは不思議に親切で、宅守の文は娘子の許へ届いた。娘子が言うように仲麻呂の配慮なのか。ふたりは遠く離れても、相聞歌を交わし合うことができた。流人の身ながら、紙も墨も筆も与えられた。

それでも何時になったら赦されて都へ戻れるのか、何時になったら娘子に逢えるのか。

娘子からは、命があればまたお逢いできますとも、私はしっかりと待っていますから、私ゆえに苦しまないで、とまるで母か姉のように言って來た。

かと思えば、天平十二年の六月十五日の大赦に宅守が洩れた時は、

帰りける人来たれりといひしかば
ほとほと死にき君かと思ひて

今度の大赦で多くの罪人が許されたというので、貴男もきっと帰って来たと思い、嬉しさの余り息が詰まって死にそうでしたのに、何故、あなたはいなかったの、と宅守が大赦に洩れたのを嘆いた歌が届いた。

流された罪人の中では特別扱いだよ。都の仲麻呂様がお前たちの歌に感動なさっているかららしい、などと役人達からも言われる。だが、そうだろうかと宅守は思う。

宅守と娘子が流刑の地、越前と都で相聞歌を交わせるという配慮も、世評を煽って禁忌を犯した我々の罪が軽くなるためだと、娘子は言って寄こすが、何故か信じられない。あれは自分の政治的野心でしか動かない視線だった。こんな風に思う俺はよほど嫉妬深いのか、ひねくれ者か。

何かある、判らないが、あの仲麻呂が他人の、それも一介の中臣《なかとみ》の家の者のために動くはずがない、と宅守は思うのだ。

越前にきてから、仲麻呂の恋人は阿倍皇太子ではなく、皇后様その方なのだという恐ろしい噂も聞いた。仲麻呂ならば自分が極官に就くためにそれくらいなことを平然とやってのけるだろう。持統天皇の御代から没するまで絶大なる権力を持った藤原不比等以上に恐ろしい方なのかもしれない。

いずれにしても、いつ赦免になるかわからず、いつ明けるともしれぬ闇にたった一人取り残されたような苦しみの日々。その辛さに挫けてしまいそうなのを、娘子の歌が救ってくれた。

二年近い月日が流れ、宅守は娘子の歌が疲れていると感じるようになってきた。二人が引き裂かれ、どれほどの時間が通り過ぎたのだろうか。娘子からの文にも気分がすぐれないと歌の端に書いてくることが増えた。

白妙の吾が衣手を取り持ちて
斎《いわ》へ吾が背子 直《ただに》に逢ふまでに

貴男にお贈りした白妙の衣の袖を私の形見と思って、潔斎して下さい。あなたと直にお逢いできる日までは。

この歌を最後に娘子からの文は途絶えた。それでも宅守は歌を詠み、娘子が身を寄せていた家に送り続けた。

味真野に来て、また橘が咲き、その花の香りが充ち、時鳥《ほととぎす》が鳴き始める季節となった。宅守は娘子の死を悟った。

遠くに時鳥の音を聞いた。過ぎ去った日々のあの熱い恋。そう、時鳥はいにしえを恋う鳥。きっと娘子の魂を運んできたのだろう。

娘子よ、辛すぎてこのところお前のことをずっと心の奥深くに封印してきた。だが、時鳥の忍び音を聞く度にお前は面影となって吾が胸を横切る。もう二度と戻ることのない日々、あの西の御厩で待ち合わせた日々が昨日のように蘇る。娘子よ、何故、待っていてくれなかった。

宅守の激しい嘆きも時の移ろいと共に静謐を帯びていった。時というのは薬なのか。時間の流れは、安らぎに似た、だが苦味を含んだ静かな哀しみで心を充たす。

越前の味真野に流された中臣宅守と平城京に残った狭野茅上娘子は六十三首の和歌でやるせない恋を伝え合った。そして娘子の死で知らぬまに仲麻呂・袁比良子から託された彼らの役目は終わった。なにか判然としない思いはあったものの、許されて都へ戻った中臣宅守は、今麿を訪ね、その手づるで仲麻呂を頼った。

宅守はあれほど嫉妬の焔を燃やしていた藤原仲麻呂の配下となったのである。尤《もっと》も宅守の中で、藤原氏や仲麻呂に対する反感は薄れ、心の裡は深い諦観が支配していた。

宅守が流された時仲麻呂の官位は従五位下に過ぎなかったが、都に戻ってみると従四位下、と驚くべき早さで昇進をしていた。

権力の頂点を目指すと自覚した仲麻呂。長屋王の怨霊の噂が再び都を跋扈していた天平十年頃、皇后にその政治処理能力を認められ、信任も寵愛も深まった。それを支える妻の袁比良もこれに呼応してめざましく昇進、いよいよ後宮での力を増していった。

仲麻呂も、袁比良も、長屋王の怨霊の噂が下火になった頃には宅守等の相聞歌を利用したことさえ忘れていた。

無論、宅守と娘子の二人からかけがえのない時間を奪ったことに胸を痛めるなど一度もなかった。そんな些細な事に心を動かす暇などふたりにはなかった。

宅守が流罪になって二年後、娘子を預けていた家から「娘子が亡くなった」と知らせがあった時、袁比良は娘子のことを一瞬思い出した。

「手厚く葬ってやれ。もう文使いの手配は無用じゃ。越前から文が届いても捨て置け」

そう言って使いの者に過分の金を与えた。

天平勝宝元年（七四九）聖武帝退位。聖武帝が政治から離れると、若い孝謙女帝をお飾りにして、仲麻呂は光明皇太后とともに、左大臣　橘《たちばなのもろえ》　諸兄を追い落とし、唐の政治機構に倣って紫微中台《しびちゅうだい》（皇后宮職）を基盤とする行政の中枢を掌握した。

天平勝宝四年（七五二）大仏開眼供養。天皇と仲麻呂の間に男女の特別な関係が生じたという噂がたったが、仲麻呂政権の維持・強化を願う袁比良には寸分の動揺もない。

天平宝字二年（七五八）八月、孝謙女帝が淳仁帝へ譲位。仲麻呂は恵美押勝《えみのおしかつ》の称号を受ける。これより藤原氏の中で仲麻呂の一家だけが藤原恵美氏を名告ることになった。かつて祖父不比等が中臣氏を切り捨て、自分の一家だけを藤原氏としたように。

淳仁帝は仲麻呂の傀儡《かいらい》に過ぎなかった。では、帝を操る傀儡師《くぐつし》となった仲麻呂は何をしたかったのか。ただ権力を握りたかっただけなのか。

「唐かぶれ」という批判は拭えないとしても、仲麻呂は先進国、唐の政治体制に追いつこうという強い意志を持ち、「祀り《まつ》」ではなく「政《まつりごと》」をしようとしたのではなかったか。

天平宝字四年（七六〇）六月、仲麻呂の最大の庇護者、光明皇太后崩御。亀裂が入っていた孝謙上皇との関係も悪化。こんな中、近江の保良宮で上皇は道鏡と運命の出逢いをする。皮肉にも近江は仲麻呂に縁の深い土地。

天平宝字六年（七六二）仲麻呂の最強の同志であり、最高の参謀であった妻の袁比良、薨去。仲麻呂は凋落へと坂道を転がり始める。

天平宝字七年（七六三）世捨て人のように生きてきた中臣宅守は突如従六位上から、従五位下に昇進、神祇大副になった。これは藤原仲麻呂こと恵美押勝が、孝謙上皇と道鏡の勢力の台頭に焦って、自分の配下の身分を引き上げる為だけの昇叙であった。

翌、天平宝字八年（七六四）九月、太師正一位藤原恵美朝臣押勝は孝謙上皇と道鏡を相手の戦いに敗れ、逆賊として湖北の砂浜で一兵卒に首を刎ねられた。九月十八日のことであった。

「恵美押勝の乱」に宅守も参戦したかは不明であるが、仲麻呂の敗死により中臣宅守は官吏の資格を全て剥奪され、歴史の表から完全に消えた。そして政治は「政」から「祀り」へと歯車を戻すことになる。

古来、政変の前後に天変地異が多い。天象の変異は天帝の意志そのもの。天象の変異によってもたらされる地上の災害や疫病の大流行、怪異現象は為政者の不徳に対する天帝の咎《とがめ》といわれてきた。

天帝は逸材、仲麻呂の死を悲しまれたのか。三ヶ月後の『続日本紀』には、

「この月西の方で声が聞こえた。雷の音に似ているようで雷ではない。その時、大隅国と薩摩国との境にあって煙のような雲が空を覆って暗くなり、電光が度々走った。七日後に空は晴れたが、鹿児島湾に砂や石が自然に集まり、変化して三つの嶋となった。炎があらわれ見える様子は、あたかも金属をとかして何かを造っている状態のようであり、その嶋の地形が相連なっている様子を見ると四阿《あずまや》の屋根に似ていた。嶋ができた時、埋没した民家は六十二区域で、人間は八十人あまりであった」と記されている。

桜島の大噴火。これは仲麻呂の死に続く孝謙称徳女帝と僧道鏡による治世への天の警告であったのだろうか。

この年、仲麻呂の乱と旱魃が相重なって、米の値は一石につき千銭となった。

国政の頂点まで登り詰めたのもほんの一時期。そこから転落し「恵美押勝の乱」の敗戦で斬殺された藤原仲麻呂。

唐の制度を規範とする「近代的政治国家への脱皮」を目指した政治家藤原仲麻呂の功績が語られることはなく、専横のあげく反乱を起こし、斬首された奈良時代の極悪人との評価が定まった。

一方、中臣朝臣宅守と狭野茅上娘子のふたりは『万葉集』に残された相聞歌から、宮中の西の御厩で出逢い、愛し合い、流罪により突然断ち切られた恋ゆえに、血を吐くほどの激しく切ない恋歌を詠んだことを、この国が続く限り永遠に語り継がれることとなった。

ふたりの面影は美しい数多の恋歌、恋の記憶に彩られ、色褪《あ》せることなく千三百年後の今も生き続けている。

《藤原氏系図》

- 鎌足
  - 不比等
    - 武智麻呂（南家）
      - 豊成
      - 仲麻呂＝袁比良子
    - 房前（北家）
      - 袁比良子
    - 宇合（式家）
      - 広嗣
    - 麻呂（京家）
    - 宮子（文武妃）
      - 聖武帝＝安宿媛
        - 孝謙・称徳帝（母・光明子）
        - 基王（母・光明子）
    - 安宿媛（聖武皇后・光明子）

- 鎌足
  - 不比等
    - 宮子（文武妃）
      - 聖武帝＝県犬養広刀自
        - 井上内親王（母・広刀自）
        - 不破内親王（母・広刀自）
        - 安積親王（母・広刀自）

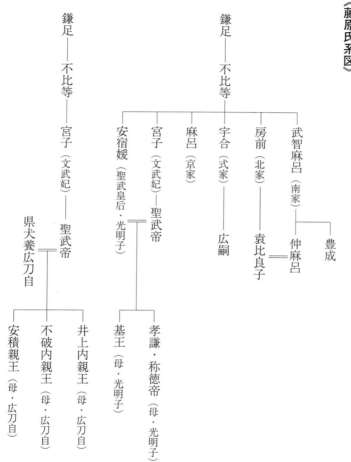

《天皇家系図》

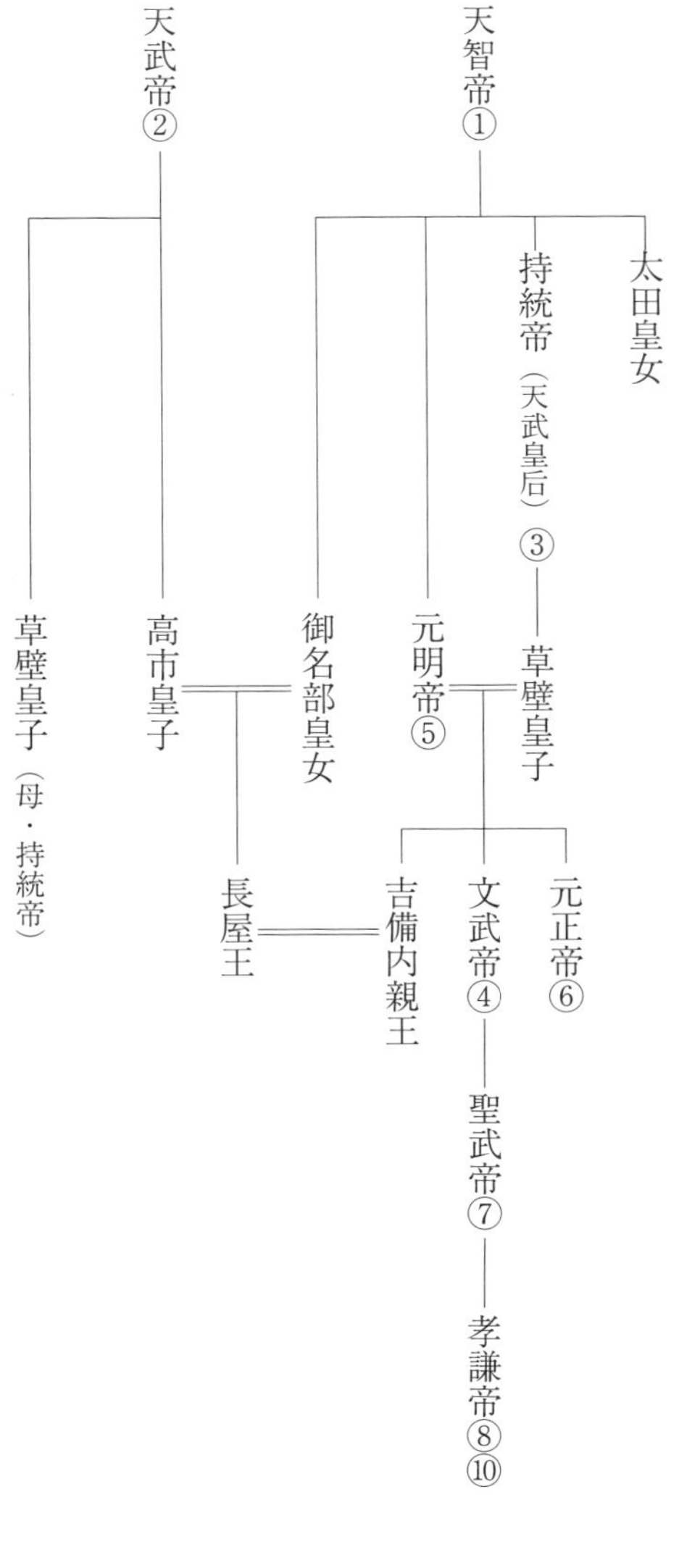

《中臣意美麻呂家系図》

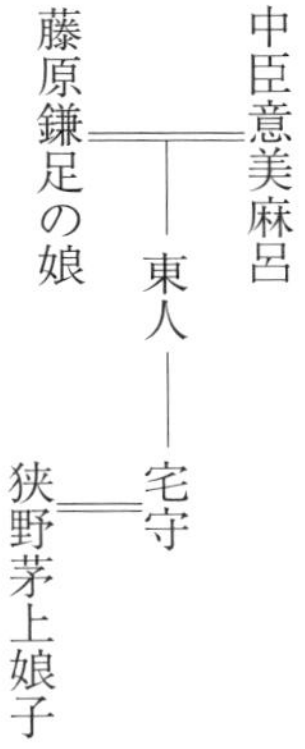

※数字は即位順

合宿の夜に怪しばむ

渡辺玲子

1

それは本当に、奇妙な合宿の夜でございました。

合宿やそれを企画した会がおかしいのではなく、私自身に問題があるのでしょうが、それにしても奇妙な夜のことでした。

私がお会いしてお話したのも、もの悲しげで影のうすい、特殊な雰囲気の老婦人だったのです。

私は幾度も、「失礼ですが」とか、「もしや」などと話しかけようとしました。

でも、つい口籠ってしまったのは、きっと、その名状しがたい印象のせいだったのでしょう。

ちかごろのファッションでもときに見られるような、表現しがたいスーツを着て、大部屋の一隅におられるのです。髪を左半分に集めるようにして結《ゆ》うておられるのも、妙な感じではありました。

ただ身なりを整えるだけのためでしょうか、日除けにもならない小さな帽子を被っておられました。

それはまるで、四角い白布を二つ折りにしたような、被るというより載せておられるように見えるのです。

もともとこの会は、学生たちが参加しやすいようにとの配慮から七月の下旬に開かれることが多く、どちらかといえば若い世代が取り仕切っていました。

　ですから会の幹部を除きますと、私も含めて高齢者は少数派ですが、あの老婦人は極端な例でしょうか。

　そこにおられるのは確かなことですが、座っておられるのか、立っておられるのか、まるで真夏の世の夢のように、その存在自体がはっきりとしないのです。

　なにしろ、それは或る文学集団の合宿のことでございましたから、夕食を済ませてから集まった若い人々によって、周囲はざわざわとざわめいていました。

　いえ、少なくともメインの大会場は、喧噪の中にあった、と言うべきかもしれません。

　俳句でも短歌でも、あるいは小説の創作集団の一部でも、総会や年大会のあとに行われる懇親会において、たまにしか遭えない旧知の仲間とか、いつも会っているが特定のテーマで話が弾みだしたりして、それぞれが小さい集団を作って話し込むのはよくあることでしょう。

　この夜の合宿は、それを可能な限り大規模にしたものでございました。なかには家族同伴で、小さい子どもさんを連れて来ている人もありました。小さいときからの天才教育の一環かもしれません。心の中のどこかでは、羨ましく思っていたのかもしれませんが、私の記憶の中ではありえない情景でした。

　会場は洋式のホールではなく、畳の大広間。時間は二～三時間などといった常識的なものではなく、ほぼ徹夜の午前五時まで——暁とともに消えてゆくとなると、なにか童話の情景のようですが、それほどメルヘンチックなものではありません。

じっさい、かなり粗雑な集団でした。バッカスのお祭りには遠く及びませんが、飲酒は無制限ときていますので、大言壮語しながら眠りこけてしまう青年もいましたし、たまには羽目を外す若い女性もいました。でも、悪魔の宴会とか魔女の饗宴などのような、濫飲・乱交の場とも違うのです。

大部屋以外にも、きわめてシリアスな話題を討議するグループとか、逆に、極端なおふざけのグループなどのためには、テーマを決めた小部屋が十部屋ほど用意してありましたので、それなりに気配りの効いた合宿だったと申せましょう。


そうしたわけで、大広間の隅にひっそりと座っている老婦人は、どことなく異次元的で、いくらか場違いな感じがしないでもありません。

しかも、同じような印象の彼女を、以前の合宿でも見たことがあるのです。

最近のファッションでも目に留まりますが、風呂敷をあわせて肩と脇を縫いとめた、あの袋から首と手足を出したようなデザインです。彼女のものは白く、それをスーツっぽく着こなしているのです。

私は声をかけようかと迷いましたが、そのうちに彼女は、すうーっと消えたのです。

なにかひんやりとしたものが、そのあとに残ったような気がしました。でも誰一人、彼女の去就には目を向けなかったと思います。

私はどのグループにもつかず離れず、喧噪の中の孤独に浸っていました。彼女もこんな気持ちだったのだろうか、と私は自分の心に問いかけておりました。すると彼女がまたしても、すうっーと帰ってきます。お風呂にでも入ってきたのか、今度は浴衣《ゆかた》を着ておられました。

でもここでは、多くの人が浴衣を着ていました。とくに広島の人々にとっては、六月に「とうかさん」とか「とおかさん」という浴衣着はじめの祭があって生活の中に溶け込んでいます。少なくともこの会場では、むしろ浴衣のほうが正装だったのかもしれません。

ともあれ、こうした軽装でディスカッションをすることがこの会の魅力でしたし、それに適した会場を探すのも、主催者側の大きな仕事だったのです。

昨年もそうでしたし、一昨年も同じ形式での合宿でした。その老婦人もまた、同じ風情で参加していました。

そのようなことを考えていますと、なぜか私には、彼女がとても懐かしい人のように思われてきました。いま話しかけねば永久に機会を失うだろうという気もしだしたのです。

私は思い切って声をかけました。「あの、失礼ですが……昨年もお見かけしたと思いますけど……」

2

広島はコンベンション・シティです。

いつも何かの会議をやっております。

国際会議が多いせいか、いつの間にやら「ヒロシマ」と片仮名で書かれるようになりました。

多くは被爆の問題であり、平和学習と関係があるようです。そればかりとは限りませんが、合宿の会場となった「ホテル・ヒロシマ・スーベニア」は、平和公園にもっとも近いホテルで、和室仕立てなので団体客がよく利用し、修学旅行の基点にもなっています。

修学旅行生といえば、しばしば一晩中、枕の投げあいなどをして騒ぐものなので、この合宿が少々羽目を外しても、さして驚くこともなかったのでしょう。

私が例の老婦人に声をかけると、彼女は、横に崩していた膝を座り直し、私の目を見ながら申されました。

「……私もお見かけした方だ、と思っていたところでございます」

それで私も彼女のそばに座り、あれこれ話を始めたのでした。

彼女は、ここは場所がいいと云い、話を続けます。

「今回はじめて知ったのですけど、ホテルの窓越しに、すぐ目のまえに原爆ドームが見えるのですね」

「そうです。そのために、ここへ建てられたのだと思います」と私は応えました。

「そうでしょうねえ……」と彼女は曖昧な相槌を打ってから、改まった口調で尋ねます。

「あなた様は、広島のお方ですか？」

「はい」べつだん広島弁を使ったつもりはありませんので、いくらか不審に思いながら私は答えました。

すると彼女は、じつにさりげなく言うのでした。「それでは、少しばかり、このあたりのことを教えて頂けませんこと……」

「お退屈でなければ……お話しておきたいこともございますし……」私は申し出に応じました。

じつのところ、話したくてならないような、そんな心境になっていたのでございます。

——広島は、川の街とも呼ばれてきました。

むかしは七つ、いまは六つの川が流れており、この特殊なホテルは東から数えて三番目の、元安川の近くに建っていました。

つまり広島市の中心部は、北から南へ流れる猿猴川、京橋川、元安川、太田川（本川、以下は単に本川と呼びましょう）、天満川、太田川放水路によって作られた三角州から成り立っているのです。

その中の、元安川と本川に挟まれた比較的幅が狭くて細長い三角州の北の部分は、いまは中島町といって平和公園になり、南の境界を作るように平和大通りが町の中央を東西に走っています。

幅が百メートルあるので、百メートル道路とも呼ばれております。その南は加古町になっていますが、この部分には多くの町があり繁華街があったのです。

北のほうは中島本町で、当時、東の元安川には元安橋が、西の本川には本川橋が架かっていました。

その南の元安川沿いには天神町があり、本川沿いには元柳町、中島新町と続き、中央部には材木町があって、さらに南の木挽町は、強制建物疎開地域になっていました。

この中島地区の北端は、元安川と旧大田川の本川が合流するところで鋭角を作って終わっており、その少し上流に架かっているのが大きな相生橋ですが、この橋には珍しい特徴がありました。橋の中央南側から中島本町に向かって小さな橋が伸びていました。

したがって相生橋はT字型をしており、中島本町は元安川東岸の猿楽町や本川西岸の鍛冶屋町と繋がり、医院や商店、そして旅館などが軒を連ねていました。このホテルも、現在地からみれば対岸の本川沿いで、食堂を経営していたのです。

ところが、この特徴のある橋は、米軍にとっては貴重な攻撃目標でした。これなら見間違うことはないし、市の中心部でもあります。ここへ原爆を投下すれば、所期の目的を達成することができるだ、ろう……。

「惨《むご》いことですわねえ」と老婦人が云いました。「じつは合宿が始まるまえに、わたくし、原爆慰霊碑にはお参りしてきましたの」

「そうでしたか、有難うございました」私は素直な気持ちで申しました。

反戦反核を唱える人たちの誠意を疑うわけではありませんが、肩をいからせてシュプレヒコールを叫ぶ人たちの一部に、どうしても好きになれないタイプがいるのは事実です。

でも、この人は違う、と私は思いました。すると、それを裏付けるように、こんな話をされたのです。

「わ、わ、わたくしねえ、平和公園を歩きますとき、痛くないように、そろっと歩きましたの」「痛くないように？」私が尋ねます。「そうなの。このあたりは原爆爆心地でしょ。ひょっとしたら、あのとき死んで、そのまま地下に埋もれている人がおられるかもしれない……」

ああそうだったのか、やっぱり、この人は死者たちの傷《いた》みの分かる方なのだ。

私は素直に広島の復興を願わない種類の、いわば並外れた、ならず者なのかもしれません。その立場から考えますと、いろんな疑問が湧いてまいります。たとえば、七十五年間は草木も生えぬと言いながら、交通標識が見えぬほど大きな樹が生え茂っているのは、なんとしたことでしょう？

これは或る市長さんが、自分の親戚の植木屋さんを儲けさせるため、大きな樹をたくさん植えさせたからだ、という話も耳に入っております。「……まさか、そんなことが……」私は信じたくなかったのです。

恐らくは単なる噂だと思いますが、他方では別の疑問も湧いてまいります。ほんとうに大きなビルをたくさん建てる必要があったのでしょうか。それは死者たちを圧殺し、あの日の記憶を抹殺するための方策ではなかったでしょうか。

こころから死者を弔う気持ちがあったなら、少なくとも爆心地を含む旧市街は、あの日のママ残すべきではなかったでしょうか。

私がそのような話をしますと、あの老婦人は、とても悲しそうな顔をなさいました。

おそらく広島と、なんらかの関係はお持ちなのでしょうが、それにしても、この方はいったい、どなたなのでしょうか？

3

あの老婦人は、素顔を見せて下さいません。

ベールの向こうに隠されているのでしょうか。

私にしましても自分のことは明かしていませんので、あの方だけを責めるわけにはゆきませんが、お話をしておりましても、なかなか本音が掴めないのです。

もちろん、外面的なお顔やお姿は分かります。たとえば彼女は、或る女優さんに似ていました。そうです、宝塚出身の園井恵子さんの面影とダブってくるのです。それで話は、芝居や宝塚歌劇団のほうに向いてゆきます。

大戦末期、演劇は最もひどい制限と圧迫を受けた分野でした。内閣情報局の手によって、日本移動演劇聯盟が発足したのは昭和十六年の六月。丸山定夫さんたちの移動劇団「桜隊」が結成されたのは、終戦間近い昭和二十年の一月でした。

新劇界の団十郎と呼ばれた丸山さんとともに、桜隊を背負っていた園井恵子さんは、本名を袴田《はかまだ》トミと申しまして、大正三年、つまり一九一四年、盛岡にお生まれになりました。宝塚では男役でしたが、本名をもじって「ハカマちゃん」と呼ばれ、スターとしての地位は、もう築かれていたようでございます。

それが、昭和十六年に宝塚を退団され、東宝演劇研究会に入られて、帝国劇場で行なわれた『ファウスト』では、マルガレーテとグレーチヘンという大役を一人二役でこなされ、演劇人として頭角を現してまいります。

その後、丸山定夫さん、徳川夢声さんらの苦楽座に入り、演技者として成長してきました。丸山定夫さんと薄田研二さんのダブルロールによる『無法松』では、吉岡夫人を演じ、全国巡業をしておられます。

昭和十八年には大映がこれに目をつけ、稲垣浩監督の『無法松の一生』で阪東妻三郎が扮する無法松の相手役の、吉岡良子役に起用されました。このときの園井をご記憶の方は、多いに違いありません。

「そうでしたの……あなたはお芝居や映画が、お好きだったの？」老婦人が尋ねかけました。

「私は特別にどうってほどでもありませんが、父は歌舞伎が好きでしたし、姉は宝塚のファンでした……もしかしたら母も……」

私が答えますと、彼女は、

「恵まれたご家庭のようね、もっと話を聞かせて下さいな」と、呟くように言いました。

母は詩を嗜んでいましたし、戦争末期に芝居見物ができたのは恵まれたほうでしょう。しかし他方では、あちこちで大きな不幸が口を開けて待っていました。

苦楽座の解散後も、園井さんは移動演劇で丸山さんと行動を共にして、悲劇に遭遇するのです。

「戦争がひどくなって、宝塚歌劇団も休演させられたんですよね」老婦人が口を挿《はさ》まれました。

「そうですねえ」と、私は相槌を打ちました。戦争中の宝塚歌劇団は、昭和十九年の三月をもって休演させられてしまったのです。

私の家ではヅカ・ファンの姉が、「最期だから行きたいの！」と、泣いて両親に頼んでいました。そのとき姉は、まだ国民学校の五年生でした。小学校が国民学校に変わって、二年以上たった頃のことで、戦局は不気味な展開を見せておりました。

「わ、わ、わたくしもヅカ・ファンでしたのよ」と老婦人が言いました。彼女が自分のことを話されるのは、まったく珍しいことです。

それからの彼女は、ときおり口を挿まれるのですが、或る程度、私の家庭のことを知っておられるのではないかと思われる節もあって、ひやっとするのです。兄のこと父のこと……。

わたしの父は農協、つまり農業協同組合の仕事をしていました。そのおかげか、ひもじい思いはしなくてすんだようでございます。

仕事の関係で、クルマも持っていました。マツダのバタンコと呼ばれる三輪のトラックで、ときには娘たちを乗せて走る事もありました。

兄は勉強と動員の仕事で忙しく、戦争の末期になると、姉は学童の集団疎開とかで田舎に行きましたので、バタンコに乗せてもらえるのは私だけになりました。私は得意満面でした。

ところが不思議なことに、あの老婦人は、そんなことまで知っておられるような風情なのです。

なにかがある、なにかがあるに違いないと、私はあれこれ考えました。でも彼女との間には、別に似たところもありません。

私は丸顔の猫顔です。宝塚で娘役をしていた音羽信子さんも丸くて可愛い猫顔ですが、園井恵子さんは、どちらかといえば狐顔の男役美人で、この老婦人も狐顔……狐は人を化かすといいますが、猫にも化け猫というのがいます。じつは高等な動物なのかもしれません。

彼女の浴衣姿から、むかしの「とおかさん」あるいは「とうかさん」の浴衣祭を思い出し、いろいろなことを連想させながら、狐の姿に結びついてゆくのでした。

記憶と現実がごっちゃになってしまいますが、「とうかさん」は、いまは平和大通りに面した三川町の、ちょっと北に入ったところにある、円隆寺の総鎮守「稲荷大明神」のお祭りだったのです。

お寺といっても、お稲荷さんは神社系ですから神仏混淆でしょう。ご神体である「稲荷大明神」は、法華経の守護神で、この寺の建立と同時に勧請《かんじょう》されました。勧請とは、神仏の分霊を他の場所に移し祀ることです。

以来、三日間の「とうかさん大祭」が開かれています。露店が繰り広げられ、この祭りを浴衣の着初めの日とするようになったのでございます。

それにしても、稲荷《いなり》とは不思議な言葉です。いねなり（稲生）からの転だとも申しますが、「荷」の発音解釈には難渋するのです。

稲を「とう」と読むのは、さして不思議ではありません。水稲、陸稲など、例はいくらでもあります。荷はもちろん貨物の「か」です。他方、稲を「いな」と読むのは、稲穂などの使い方がございます。

でも「荷」は和文では「荷物」の「に」ですし、中国語でも漢音が「か」、呉音は「が」で、「り」という発音は何処にもありません。

したがいまして稲荷を「とうか」と発音するのは、「いなり」よりも自然でしょう。

まあ、どのように読んでもかまいません。むかしは六月の十日にお祭りをしていたようです。それがやがて、いまのように六月の第一金曜日から三日間ということになったのでございます。

一種の通過儀礼の様なものでしょうが、稲荷といえば狐、狐といえば油揚げ、そこから稲荷鮨と繋がってくる土俗信仰に興味が湧いてきますが、あの老婦人の横顔には、どこか狐に似た面影がありました。

浴衣に着かえてからの彼女には、髪飾りの帽子もなく、淋しそうに見えました。

でもそれとは別に、彼女は他の誰かとも似たところがあったのです。

身近なところに、キーワードが潜んでいるのではないでしょうか？

それを探さねばならない、と私は思いました。

ときどき会場係の大きな声が聞こえます。

なにか催し物があるらしく、その案内のようでした。

でもそれは私たちには関係の薄いもののように思われました。それに私には、老婦人から聞き出したいことがあったのです。彼女が何者かが知りたかったのです。

人はみな、子どもの頃の思い出を持っています。多くの苦しみを経て、多くのことを知る年になりますと、なにかと心をよぎるのは、子どものころのことです。

その中では、まだみんなが子どもでした。兄も姉も私も……私の想いは、ここで止まりました。あの老婦人から答えを引き出すには、まだ回り道をしなければならないのかもしれません。

あの人のことを、私は老婦人と呼んできました。年齢的には老人でしょうが、わたしは老婆という表現は用いませんでした。私はむしろ、老少女と呼びたいような気持があったのです。

合宿の会場では、ときおり明かりが点滅し、色彩が交錯しました。照明の係が、プロジェクションマッピングでもして、合宿参加者たちは、色彩効果を楽しんでいるのでしょうか。

あたりが赤くなったとき、私は被爆の日のことを思い出しました。

ええ、そうです、園井さんたちの移動劇団「桜隊」九名は、山陰地方での公演をすませ、広島市堀川町の高野という豪邸を借り受けていた寮で、次の公演のための練習期間中に被爆されたのです。

そこは爆心から約一キロメートルの地点なので、被害は甚大でした。園井恵子さんは、俳優・薄田研二さんの長男で演出助手をしていた高山象三さんとともに、燃え始めていた高野邸の脊から這い出し、東の比治山へ逃げ、八月八日の復旧第一号列車で広島を脱出し、神戸の中井邸に辿り着きます。中井のママは、宝塚で園井さんの先輩でした。彼女の家で高山さんは八月二十日に、園井さんは二十一日に死死亡するのですが、のちに園井さんの銅像は、郷里近くの岩手県岩手郡岩手町川口に建てられました。

そして桜隊九名の碑は、被爆地に近い平和大通りの緑地帯に「移動演劇さくら隊原爆殉難碑」として建っております。占領下では「桜」という漢字を使うことができなかったのです。

「……それで、あなた様は、あのときなん年生におられましたの？」

珍しく老婦人が問いかけてこられました。

私は口籠りました。女性に年齢を訊くのは失礼なことですが、それを婉曲に学年で訊かれたのですから、答えないわけにはゆかないでしょう。

「国民学校の三年生でした……もう、ずいぶんと永く生きてきたような気がします。」

国民学校令とかいうものによって、小学校が国民学校になったのは、昭和十六年のことでした。彼女は指を折って、なにかを数えている様子です。

長過ぎた昭和時代が終わって平成になってから、すでに大正よりは長い時間が経ったようです。私は再びあのころの世界を漂っていました――。

私の家は雑魚場《ざこば》町でしたが、その西北方向にある横町には母方の叔母の家があって、それほど遠くはないので、よく遊びに行ったものです。

横町には、時計屋さん、袋物屋さん、傘屋さん、布団屋さん、モーター販売店などがありましたが、一番興味深かったのは、元安橋の東詰め近くにあった「有田《ありた》ドラッグ」でした。

これは戦前の大ドラッグストアチェーンで、淋しい病気の淋病とかバイドクの人体模型があって、とても怖いのです。それを「怖いもの見たさ」で、そっと覗きに行ったものです。

その北が爆心となった島病院のある細工町です。その後の研究で、じっさいの投下地点は少しズレテいるということになりましたが、この付近の上空六百メートルあたりで炸裂したのは、ほぼ間違いないでしょう。

その北の猿楽町には、産業奨励館という大きな美しい建物がありました。

横町の南は鳥屋町でしたが、いまはもう、なにもありません。元安川の左岸は大手町になって、一丁目から五丁目まで、南北に並んでいるだけになりました。

それは仕方のないことですが、私には問いただすべき問題が残っていました。ただ、それがなにであるのか分からぬまま、私は焦っていました。

「失礼ですが……あなた様は、この合宿は何回参加されましたの？」

老婦人の声で、私は我に返りました。「三回ほどでございます」私はこの広島市と出雲市と水戸市だけでした。それにひきかえ彼女は、ずいぶん多くの合宿に参加されていたようです。去年の合宿は水戸市で、そのまえは北海道の夕張……。

「わたくし、子どものころ、集団疎開で田舎のお寺にいっていましたの。辛かった記憶もありますが、楽しかった思い出もあります。ともかくあれ以来、一人でいると不安でならないのでございます」

「この合宿に参加されるのも、そうした関係で……？」

「まあ、そういったところでしょう。一人でいると寂しくて……」老婦人は、淋しそうに笑われます。

学童集団疎開が始まったのは、昭和十九年の八月で、秋には全国的に体制が拡がりました。国民学校六年生になっていた姉が対象になります。三年生だった私は、まだ幼い年齢なので対象外だったのです。だったら彼女は姉さん？

でも私は、疎開で田舎へ行ってからの姉のことは、なにも知りません。顔もほとんど忘れました。父親似なので、どちらかといえば狐顔だったかもしれません。

その老婦人にしても私にしても、このような時刻と場所、つまり平成という時代のヒロシマという見知らぬ都市に居るのは許されることなのでしょうか？

あれから七十年ほどの時が流れているのです。私は彼女の話の中に、時間の捩れのようなものを感じました。時系列の乱れ、と言ったほうがよいのかもしれません。

この世のものとは思われぬ、存在自体にかかわるなにかがあったのです。

5

さっと涼しい風が吹いたようです。

この世のものとは思えないほどの涼しさでした。

「あなた様は今、どこに住んでいらっしゃるの？」と老婦人が訊きました。

「どこともうしましても……」私は言葉を濁しました。

なぜって私、昭和二十年の八月六日に、ここから左程遠くない、爆心地に近い実家で被爆して、倒壊した家の下敷きにされてしまったのですもの。

遠くで蝉が鳴いたようです。でも、すぐと苦しげな鳴き声になり、か細くなって消えてゆきました。

合宿の会場は、劇場としての作用も持っているのかもしれませんが、彼女も消えてゆこうとします。

「姉さん！」私は老婦人の後ろ姿に向かって、叫んでいました。「父ちゃんと、母ちゃんのお墓を作るの……手伝ってちょうだい！」

しかしその声は、サイレンの音に消されます。そうです、あの日は警戒警報・空襲警報、そして解除のサイレンが、幾度も繰り返されました。ある種の死者は生者よりも、事態を理解し、執念深く憶えているのです。

午前〇時二十四分・空襲警報発令、二時九分・空襲警報解除、二時十三分・警戒警報解除、七時十分・警戒警報発令、七時三十二分・警戒警報解除……。

ところが、しばらくして閃光と轟音——ピカドンというものでございましょう。別の記憶が甦ってまいります……。

原子爆弾は、島病院の上空で炸裂しました。

私が住んでいた雑魚場町は細工町の東南にあって、爆心から同心円を描きますと千メートルの範囲内にありましたので、やはり大きな被害が出ました。

あの朝、我が家は四人で、食事を済ませたところでした。小学校六年生の姉は、学童集団疎開で県北の田舎へ行って、ずっと留守だったからです。

集団疎開というものによって、中国山地のお寺で暮らしていた六年生の姉以外は全滅になるのですが、私には納得がゆかない事ばかりでした。

中学二年生の兄は、「今日は建物疎開だよ」と言って出かけましたから、死亡は間違いないでしょう。当時の私には、そのようなことが分かるはずはありませんが、両親は私を倒れた家の下から外へ押し出して下さったのです。大きな柱が、あのバタンコの荷台の上に倒れかかり、わずかながら隙間が出来ていたのです。

小さな私は、なんとか抜け出せましたが、父や母は無理なようです。そのうちに炎が近付き、私の家も燃え始めたのです。

「逃げろ！」と叫ぶ、父の声が聞こえました。

「あそこへ行くのよ！」よわよわしい母の声もします。

あそことは、比治山の裏にある段原の親戚のことでした。戦争の末期、この町もいつかは爆撃されるに違いないと思われたとき、助け合いの連絡網が作られたのですが、まさかこんなに一挙に、一つの都市が全滅するとは誰も思ってもみないことだったのです。

ただ私にも、これが異様な緊急事態だということは分かりました。両親を助けなければいけないという、咽《むせ》るような思いもありました。

「誰か来てー」私は必至で叫びました。「父ちゃんを助けて！」

しかし、助けは来ません。炎は迫ってきます。

ふたたび、父の声が聞こえました。「はよう、逃げえやあ！」

国民学校三年生だった私は、よく分からぬ叫び声を発し、泣きながら走りだしました。

気付いてみると、川縁へ出ていました。きっと元安川でしょう。川へ飛び込む人もいましたが、そうした人々は人筏となって組み込まれ、流されていました。馴染みのお店屋さんはみんななくなっており、なかなか見当がつきません。

でも、川へ出たということは、家から西へ行ったということのようです。比治山は東の方角です。私はほとんど動物的な感覚で踵を返し、東を目指しました。

でも、私には限度がありました。黒い雨が降り、私は倒れました……。

広島市の中心部を少し南に下がった部分を、市街地を南北に分けるように、幅員百メートル・長さ約四キロメートルの大きな道路が東西に走っております。

東の端は、比治山下を流れる京橋川に架かる、鶴見橋の西詰からです。西の端は国鉄の己斐《こい》駅、現在のJR西広島駅のまえを流れる太田川放水路に架かる新己斐橋の、東詰のあたりまでです。

でも、この道路の案は、戦後になって急に浮上したものではありません。

太平洋戦争最後の年、これまでにも行なわれていた防空防火用の建物疎開は、さらに急ピッチで大規模にすすめるよう、政府の指示を受けました。広島では幅員百メートルの疎開地が企画され、動員された中学低学年生がもっとも酷い被爆に遭い、全滅が相つぎました。

中学二年生だった兄は、なにが起こったのかを考える暇もなく、怨みを述べる遑《いとま》もなく、一瞬のうちに塵となったに違いありません。

その未完の防火帯のあとに作られた百メートル幅の道路は、平和大通りと呼ばれるようになりますが、ここは怨念の大通りなのです。

むかし美しかった産業奨励館は、被爆建物の「原爆ドーム」となってしまいました。

怨みの籠もる怨霊となった私は、ひたすら家族を求めてさ迷っております。あの老婦人は、姉かもしれませんし母かもしれません。どちらとも違うかもしれませんが、彼女もなにかを探しておられるのでしょう。

夜明けが近付いてきました。私たちはみなブロッケン山の幽霊のようなものなのでしょうか。御来《ごらい》迎《ごう》のように消えるのでしょうか?

私の願いはただ一つ、すなわち、浮かばれぬ家族の霊を探し、供養すること——。

淫祀邪教とは無縁であるものの、正統的な世界とも言いかねるこの種の「合宿」へ、私はふたたび舞い降りて来ることでございましょう……。

解説

志村有弘

「現代作家代表作選集」が当初の目標であった第10集まで上梓することが出来た。第1集が刊行されたのは二〇一二年（平成二十四年）六月三十日。勝又浩（文芸評論家・法政大学名誉教授）と共に解説を担当してきたが、ともあれ版元と共に慶びたいと思う。この第10集にも書き手それぞれが創作力を発揮した力作・労作を収録することができた。

金山嘉城（かなやま・かじょう）の「**小鳥の声**」（「裸人」第27号発表。平成十七年二月）は、現実と幻想の世界が交錯する世界。語り手の「私」の職業は開業医。様々な小鳥が登場する。小鳥が来るのを待つ母。母は事故で片足がない。その母が倒れて入院した。「私」と妻の周章狼狽。周章狼狽は、母への愛を示すものなのだが、その優しさが美しい。何かにおびえる母の姿が示される。死に近いのか、幻覚・幻聴の中に母は鳥の声を聞いている。作品末尾で、「私」も幻聴・幻想の世界に身を置いている。この作品は現実・幻想の中の鳥の鳴き声が重要な役割を果たしている。金山は音楽を愛するせいか音に敏感な人だ。また、香にも鋭敏に反応を示す。母が入院した病室の隣の患者のテーブルに置いてある百合の「厚ぼったい濃い匂いが漂ってきた」・「頭がくらりとしそうだ」と記す。十五年前に死んだ犬が登場して母の横にうずくまり「その臭いを嗅いで」いる。冒頭部の一文の末尾が「る」で終わる簡潔な文体も心地よい。金山は不思議な感性を有する人だ。香・匂い（臭い）に敏感な反応を示す。金山の作品「諏訪ジャンクション」（「裸人」第29号）は、病気になった大学時代の友人を見舞うため妻と共に山梨に出かける話。その友人の家の食堂で妻が見知らぬ白髪の男と話をしている。その男は友人なのであるが、「私」の目には友人であった男と同一人物とは写らない。駐車場で車を誘導する老人から「どうぞ気をつけて、よい御旅行を」と声を掛けられると、「私」にはその言葉が「シノニオイガスル」と聞こえるという作品。「シノニオイ」（死の臭い）とは友人の間近な死を暗示しているのであろう。「匂いスミレ」（「渤海」第26号）では花の匂いを重要な素材としている。金山は、現代作家代表作選集第5集に「羚羊」、第7集に前掲「匂いすみれ」、第9集に「龍子触発」を掲載している。

中園　倫（なかぞの・とも）の「**優曇華の花咲く頃に**」は、本選集のために書き下した私小説。語り手は「私」（中園自身と考えてよいと思う）。「私」の視点は父（医師）と母で、「私」が産まれた家庭の華麗な歴史を綴る。「私」の少女時代が詳細に綴られ、父が戦地へ行き、やがて敗戦、引き揚げてきた将校が家に滞在するようになったおりの思い出、父の帰還、父の病死、弟の急死……と、一家のドラマが展開してゆく。父親への敬愛の念が強く示され、父は「おおらかな性格で、人情家で努力家」であったという。そして、「およそ挫折などとは無縁に見えた」・「寒梅の如く凛とした」・「優雅な心を秘めて動く」母の九十五歳の人生も見事に浮き彫りにする。付記の部では牧野徑太郎との出会いも記される。ともあれ中園倫は一家の歴史を書き記したことに深い達成感を感じているに相違ない。そして、文学の道を歩んできた倖せを噛み締めていることであろう。作品を読めば分かるように、後半部にこれまで出してきた句集を記している。本作品の節目々々に俳句が置かれているのは、いわば〈俳人・中園倫〉の姿を示すもの。過去、中園は七冊の句集を出している。そのことだけでも文学世界における中園の尋常ではない真摯な姿を思い浮かべることができる。作品末尾の言葉を借りて「倫さん、あんたも精一杯頑張ったね」という言葉を贈りたい。

西穂　梓（にしほ・あづさ。本名、水谷三佐子）の「**相聞歌**」は、狭野茅上郎子と中臣宅守の悲恋を綴る書下ろしの作品。以前、同題で短篇として発表したことがあるが、今回、内容を大幅に加筆改訂したものである。題名が示すように狭野茅上郎子と中臣宅守ふたりの相聞歌が作品の主軸をなしている。官吏と女孀との恋は禁じられていたとはいえ、宅守の流罪は、藤原仲麻呂の妻袁比良子が宅守の父の名前と長屋王を密告した中臣東人と同じであることを嫌ったことに起因する。袁比良子は「長屋王を連想する東人という名の者を父に持つ宅守」を「都に置いてはなりませぬ」と言い、その結果、宅守は越前へ流罪となってしまう。流罪となる前から宅守と狭野茅上郎子との相聞歌は人々の話題となった。だが、宅守が流罪の身となっているあいだに狭野茅上郎子はこの世を去ってしまう。日嗣皇子に対する阿倍皇女の幼い嫉妬も記される。栄華を誇った長屋王の滅亡、藤原仲麻呂の専横、大伴子虫の東人殺害などが記され、橘三千代、吉備真備や道鏡らも登場し、やがて仲麻呂も滅びてゆく。『続日本紀』・『万葉集』などを素材として、規模雄大な古代悲劇を造り得ている。細部にまで神経の行き届いた、濃やかな描写をしていることに気付く。西穂は古代を舞台とする作品を得意とする作家である。「中部ペン」第20号（二〇一三年八月）掲載の「玉の髪飾り―天平女人系譜―」は、橘三千代・光明皇后・称徳天皇三代にわたる、見事な古代小説となっている。この作品にも「相聞歌」同様〈家〉の存在を凝視する西穂一流の姿勢が見える。西穂は鹿児島生まれで、同人誌「中部ペン」・「文芸誌翔」に所属し、着実におのれの信ずる文学活動を展開している。なお、著書に『婆佐羅たちの宴』（中日出版社、平成十二年）・『光源氏になった皇子たち』（郁朋社、平成二十年）などがある。

渡辺玲子（わたなべ・れいこ）の「**合宿の夜に怪しばむ**」（「広島文藝派」第29号掲載。二〇一四年九月）は、死者たちの「合宿」を描く。原爆が投下されたおりの広島の悲惨な状況が重ね合わされる。特徴のある相生橋は、原爆を投下するには格好の攻撃目標であったことが記される。ストーリーは、「私」と不思議な老婦人との対話が主軸をなしている。その婦人は平和公園を歩くとき、「痛くないように、そろっと歩」くのだと語る。そこは爆心地なので、死んだ人がそのまま地下に埋もれているかも知れないからだという。これは作者の心の思いである。広島に生を享けた人が原爆の悲劇から逃れることなどできるはずがない。七十五年間は草木が生えぬといわれたのに、広島に樹木が多いわけ、大きなビルが建てられた理由にまつわる疑惑も記される。「爆心地を含む旧市街」はそのままに「残すべきではなかったでしょうか」という「私」の思いは、作者自身の感懐である。「無法松の一生」の吉岡夫人役を演じた園井恵子の被爆とその死も綴られる。「私」は老婦人がいかなる人物であるのか、確かめたいと思っている。そうして原爆投下の日を思い出す。集団疎開していた姉は無事であったが、兄は間違いなく死んだに相違なく、父も母も家の下敷きになり、そこに炎が押し寄せてきた。「私」はなんとか炎の近付く場所から脱け出したものの、黒い雨が降り、「倒れ」てしまう。「中学二年生だった兄は、なにが起こったのかを考える暇もなく、怨みを述べる遑もなく、一瞬のうちに塵となったに違いありません」という悲惨な描写がある。そして「平和大通り」を「怨念の大通り」だと記す。「怨みの籠もる怨霊となった私は、ひたすら家族を求めてさ迷って」いるという。「私」はあの老婦人について、「私」の姉かも母かも知れぬといい、あるいはどちらでもないかもしれないが、彼女も「なにかを探しておられるのでしょう」と考える。原爆で死んだ人の霊は浮かばれるはずがない。だから、「私の願い」は「ただ一つ、浮かばれぬ家族の霊を探し、供養する」ことであり、一方、「私」自身もまた「浮かばれぬ」霊なのである。この作品は、原爆投下による救われない人の筆舌に尽くし難い悲憤を綴る、辛く、重い作品だ。作者は原爆で一瞬にして命を失った人たちの苦悶の魂と一体となっている。原爆投下に対する怨念が行間に滲み出る。渡辺は広島に生まれ、広島ペンクラブ副会長・広島花幻忌の会会員（被爆詩人原民喜を顕彰する会）など、広島を凝視し続けてきた文人である。大学の卒業論文はウィリアム・フォークナーの『サンクチュアリ』。児童文学の世界にも精魂を傾けている。著書に『お母さん童話の世界へ』（文芸社、二〇〇三年）・『みんないっしょに』（文芸社、二〇一一年）・『明日への旅のつれづれに』（渓水社、二〇一二年）、他に「広島文藝派」の代表天瀬裕康との共著『カラスなぜ啼く、なぜ笑う』（文芸社、二〇一四年）などがある。

（相模女子大学名誉教授・文芸評論家）

現代作家代表作選集　第10集

発行日　二〇一五年五月二五日
解　説　志村有弘
発行者　加曽利達孝
発行所　鼎　書　房
〒132-0031　東京都江戸川区松島二-一七-二
TEL・FAX　〇三-三六五四-一〇六四
印刷所　太平印刷社
製本所　エイワ

ISBN978-4-907282-21-9　C0093